Los maestros de Ryan Weill
Víctor Arias

Los maestros de Ryan Weill

Víctor Arias

DuQuets

LOS MAESTROS DE RYAN WEILL / Cuentos
Víctor Arias

DuQuets

D. R. ©2009 Víctor Arias

D. R. ©2009 De esta edición:
- DuQuets/Evaned Grupo Editorial
  P. O. Box 15401
  Los Angeles, CA 90015-0401
  United States
  info@evaned.com

- DuQuets/Evaned Centro América
  Apartado Postal 142-F
  Edificio Géminis 10, Zona 10
  Guatemala, Guatemala, 01010
  infoca@evaned.com

D. R. ©2009 Evaned Grupo Editorial, S. A.
www.duquets.com
www.evaned.com

ISBN 10: 0-578-02677-5

ISBN 13: 978-0-578-02677-0

Primera edición en DuQuets: junio de 2009.
Impreso en Estados Unidos − Printed in the United States

Índice

1. Los maestros de Ryan Weill   11

2. Cosas de la sangre   37

3. Salto temporal   53

4. La carta   61

5. Silencio en el umbral   73

6. El extraño   77

7. El acuerdo   91

8. Zombi   121

9. Pythion regius   123

10. Azul   127

La vida nos conduce
por caminos extraños e inesperados,
pero siempre nos lleva
a algún lugar.

ADOLFO MAZARIEGOS, *El Espejo*

"A CATALINA, mi madre"

Los Maestros de Ryan Weill

Ryan Weill, sentado en su ostentosa y alta silla de cuero beige con botones incrustados, la miraba con atención y constantemente revisaba la grabadora, temeroso de que ésta pudiera detenerse por puro capricho. Ella, recostada en un gran sillón del mismo color y textura que la silla —sin duda obras del mismo artesano— agitaba regularmente su cabeza de un lado a otro, como queriendo no percibir algo en la visión de sus ojos cerrados.

—¿Qué ves? —le preguntó él.

Ella se quedó en silencio y le respondió después de unos segundos:

—Una habitación, estoy caminando por el interior de una casa muy grande. Los muros son de bloques de piedra gris...

Él anotó muy rápido, con la inherente caligrafía ilegible de un médico, en la pequeña libreta que tenía entre sus manos. Esperó un momento a que ella continuara, pero ésta no lo hizo. Aclarándose la voz con un disimulado carraspeo la interrogó de nuevo:

—¿Puedes identificar la época o el lugar en el que estás?

—No, no lo sé... no hay nada, las habitaciones están casi vacías, sólo hay unos cuantos muebles sucios, llenos de polvo y telarañas... parece una casa abandonada.

—¿Qué tipo de muebles? ¿Se ven antiguos, modernos, lujosos? —Le insistió, sin soltar la libreta y llevándose el lápiz a la cabeza para tocar suavemente una de sus sienes en evidente postura de análisis.

—Sí, son antiguos, muy antiguos. Y también se ven lujosos...

El doctor, mostrando un ligero semblante de ansiedad, le preguntó sin antes darle una nueva oteada a la máquina grabadora:

—¿Cómo eres?... Mírate y dime cómo eres.

Ella levantó un poco la cabeza haciendo ademán de ver su cuerpo, pero con los ojos cerrados.

—Soy hombre, mi ropa es negra, toda negra, visto pantalones de lino y un largo abrigo de paño hasta las rodillas. Los zapatos y toda la ropa se ven impecables, como recién hechos—. Alzó las manos frente a su rostro girándolas sobre su dorso y exclamó asombrada:

—¡Mis uñas son muy largas! ¡Parecen manos de mujer... mi piel es pálida... blanca como porcelana, los dedos finos y largos!

—¿Sabes tu nombre?

—No, no lo sé... no lo recuerdo —se quedó en silencio unos segundos y habló a continuación con voz entrecortada —tengo miedo... aquí está muy helado.

—No va a pasar nada, ten calma. ¿Hacia dónde te diriges? ¿Qué estás haciendo ahora?

La mujer movió sus globos oculares bajo la delgada piel de sus párpados y respondió:

—Estoy bajando por una escalera de piedra, es como un túnel muy oscuro y al fondo se ven luces... creo que son antorchas.

—Trata de ver qué hay al fondo. Observa bien qué te rodea.

Ella se demoró en responder, el doctor no la presionó y la esperó pacientemente mientras descubría con la mirada unas bien formadas y firmes piernas bajo la falda de cotelé azul. Casi se olvida de la razón por la que estaban ahí cuando ella habló y lo espantó de su prohibida admiración.

—Estoy llegando al fondo, parece que es otra habitación... ¡Sí!, es otra habitación, y muy grande; hace mucho más frío. ¡Dios mío! Estoy en una cripta, o algo así... hay varios ataúdes, es un mausoleo inmenso. Hay muchas velas y cirios encendidos... no eran antorchas lo que vi, son cirios.

No se inquietó con la descripción de su paciente, al contrario, con voz más segura la interrogó:

—Entonces, ¿estás muerta?

—Sí —respondió al instante, tan segura de lo que decía como el doctor de lo que preguntaba —estoy muerto, no respiro... Tengo miedo, Ryan.

Él se inclinó hacia adelante y posó de modo consolador una de sus suaves manos sobre las de Caroline.

—Tranquilízate —le dijo —no pasa nada, respira profundo, todo durará un segundo, trata de adelantarte en el tiempo para pasar a otra vida.

El semblante de ella estaba alterado, respiraba en forma agitada, sus movimientos oculares se hicieron vertiginosos, lo que veía o sentía estaba sobrepasando sus capacidades y más que hablar, gimió.

—El olor es asqueroso, tengo deseos de vomitar. ¡Estoy dentro de un ataúd!... ¡tengo miedo! ¡Sácame de aquí por favor!

El psiquiatra, ahora de pie, levemente agachado y con ambas manos sobre las de ella le decía, subiendo la intensidad de su voz: —sal de tu muerte. Elévate hacia los maestros. Deja esa vida atrás, quiero que pases a la siguiente.

—No puedo, la muerte no deja elevarme... por más que trato no puedo.

—¡Si puedes!

—¡No puedo!

Ella se veía mal, afligida, pero el médico no consideró prudente despertarla de la hipnosis, aún no había conseguido la información que buscaba. Molesto por la incapacidad de ella de seguir sus instrucciones, con un tono estrictamente autoritario, le ordenó:

—¡Concéntrate! ¡Hazlo Caroline! Flota en tu mente... ¡Adelántate en el tiempo! ¡Conéctame con los maestros! Sobrepasa ese momento final. Estás muerta —excitado, con una fe enorme y firme en lo que decía, le exigió de manera solemne, como si de su garganta emanara la orden omnipotente que levantó a Lázaro de su tumba—: ¡elévate y nace de nuevo!

Poco a poco ella redujo el precipitado movimiento de sus ojos y de su cabeza, así como el ritmo de su respiración, hasta que su estado se vio totalmente normalizado; después de unos mudos momentos, habló.

—Ahora estoy en un poblado, es de noche. Camino por una estrecha calle de adoquines...

Él, con una ligera sonrisa de satisfacción en su rostro le preguntó:

—¿Puedes identificar la época o el lugar?

—Hay muchas casas antiguas, creo que son europeas... holandesas quizás. No hay luces, pero puedo ver perfectamente en la oscuridad. Hay algunas personas conversando, no me ven, sólo un perro asustado percibe mi presencia... tengo hambre.

Dubitativo, calculando una fecha y un lugar en la historia de la humanidad, le arguyó —ya tendrás tiempo para comer; dime ¿quién eres ahora?

La muchacha hizo los mismos gestos anteriores y los de todas las sesiones pasadas, levantando su cabeza y sus manos para mirarse y describirse a ojos cerrados.

—No lo sé. Pero soy hombre... estoy vestido completamente de negro, con un gran abrigo grueso hasta más abajo de las rodillas, mis manos son blancas y mis dedos muy finos... tienen uñas largas, como los dedos de un artista.

En la cara del doctor se dibujó una mueca contradictoria de extrañeza y desencanto, y acomodándose inquieto en su pomposa silla, le replicó.

—No puede ser, ya visitaste esa vida. Aún estás en tu existencia anterior, debiste de haber retrocedido. Flotaste hacia atrás en vez de adelan...

—¡No lo hice! —lo interrumpió ella de modo impetuoso, y agregó —siempre fui hacia adelante.

Ryan Weill se pasó la mano por el rostro en un evidente gesto de frustración, estaba cansado, esas eran las últimas horas de ese día y las fuerzas y la concentración lo abandonaban. La poca obediencia que estaba mostrando su paciente —y cooperadora experimental— lo acongojaba y enojaba. Con hastío evidente en su timbre de voz continuó.

—No importa, da lo mismo, adelántate en el tiempo. Ve de nuevo hasta tu muerte y pásala de una vez por todas.

—¡No puedo! Además ya estoy muerto —contestó firmemente ella en respuesta a su tono, como si a pesar de todo estuviera consciente de su entorno dentro de aquel sueño inducido.

Estuvo a punto de sacarla del trance para irse a dormir y olvidarse de todo hasta la próxima reunión, pero un presentimiento curioso le decía que no. Haciendo un gran esfuerzo por ocultar su malestar, le reprochó.

—No puede ser, Caroline, estás entendiendo mal. Concéntrate por favor, escúchame bien, ve hasta el fin de esa vida y pásala.

La voz de ella sonó angustiada.

—Eso hago, eso estoy haciendo, pero no puedo, no hay fin.

—Caroline, eso no puede ser, escúchame bien por un momento: a-de-lán-ta-te. Ve hacia adelante, —le ordenó lo mismo, pero de otra manera—, anda hasta el *último acontecimiento* de esa vida.

Como si el doctor hubiera mencionado una palabra clave, el rostro de ella volvió a moverse de lado a lado experimentando los síntomas de una pesadilla. Temblaban sus manos y sus párpados se entreabrían con una intermitencia eléctrica, inhumana, dejando ver sus globos oculares blancos. Su boca abierta por espasmos fuera de control, habló:

—Pasan muchas imágenes, Ryan... muchas personas y lugares, siempre oscuras, todas negras, nunca es de día. Pasan años... veo siglos ante mis ojos.

Estuvo en silencio unos instantes, ensimismada y más serena; el doctor la esperó, con impaciencia pero sin interrumpirla, hasta que ésta habló. Fue una frase corta, tajante, que retumbó como un estallido en la moderna y lujosa habitación que hacía las veces de consulta psiquiátrica.

—Estoy en mi casa.

Los ojos del médico se abrieron sorprendidos mientras soltaba otra pregunta:

—¿Te refieres a tu casa actual? ¿A esta época?

—Sí, estoy en el living de mi casa, es hace una semana, lo sé porque veo las rosas blancas que me regaló mi novio; es el miércoles o el jueves en la noche...

El asombro del doctor no tenía límites, si ella en su trance había llegado desde el pasado hasta la época contemporánea sin experimentar ninguna muerte ni renacimiento en todo su transcurso, no le quedaba más alternativa que deducir que era una inmortal, *¡siempreviva!* y ella ni siquiera lo sabía. Estaba dando un giro enorme en sus investigaciones, no sólo existían los espíritus inmortales, los llamados maestros eternos como él los denominaba, acababa de descubrir, —si era cierto lo que decía su paciente, y no tenía por qué dudarlo— que habían elegidos que eran inmortales de carne y hueso, hombres y mujeres que caminaban entre nosotros eternamente, testigos palpables de la historia de la humanidad; seres sin memoria, hermosos y perpetuos como Caroline.

Atrapado por un anhelo angustiante la interrogó apurado.

—¿Ése es el último acontecimiento de tu vida? ¿Qué edad tienes? Si estás en tu casa, ¿qué haces en este momento? Dijiste que era de noche ¿no?

—Estoy en algún lugar de la sala, parado… ahora camino en dirección al dormitorio principal... es de noche.

La interrumpió bruscamente.

—¿Has dicho, parado? ¿Acaso tienes consciencia de hombre todavía?

Sin titubear ella afirmó positivamente, aunque después corrigió.

—La verdad, no lo sé, pero no creo ser mujer.

El doctor replicó apresurado.

—Trata de buscar un espejo, necesito saber cómo te percibes físicamente.

Pasando por alto el requerimiento del médico, ella agregó asustada.

—¡Ryan! ¡Hay alguien durmiendo en mi cama!... ¡tengo miedo!

—¿Sabes quién es?

—No puedo verlo, tiene el rostro bajo las sábanas.

—Acércate y mira quién es. Necesitamos saberlo para curarte. No temas, nada te puede ocurrir.

Caroline moviendo los ojos bajo la piel de sus párpados parecía hacer lo que le pedía el galeno.

—Estoy caminado hacia la cama, estoy muy cerca pero no le veo la cara, la tiene oculta —y agregó tranquilizándose notoriamente—: es una mujer.

Weill, revisando varias veces la grabadora, como si no tuviera seguridad de su funcionamiento, excitado por el relato de su paciente, le preguntó con un entusiasmo casi infantil.

—¿Una mujer? ¿Cómo es esa mujer? ¿La conoces?

—Le estoy tocando el cabello... ahora la destapé completamente, está durmiendo sobre sus pechos y cara... desnuda. Es hermosa, de cabello negro y su piel es blanca.

—Mírale la cara —bramó urgido el doctor.

Quedándose en silencio y sin movimientos faciales por intervalos de tiempo notorios, ya mucho más sosegada, con una voz en reposo, aletargada, describió lo que estaba viendo.

—Le estoy volteando el rostro para verla... su piel

es caliente... pero, ¡no puede ser! La incertidumbre del doctor lo destruía por dentro, despojándolo de toda tolerancia y paciencia, y más que una pregunta fue un grito lo que lanzó.

—¿Qué pasa? ¿Quién es esa mujer?... por amor de Dios, ¡contesta!

—No puede ser, Ryan... no lo puedo creer. ¡Soy yo! La mujer en la cama soy yo.

El rostro afeitado y perfumado del psiquiatra se transformó en una deformación de perplejidad, en un reflejo de toda la paradoja que consumía su existir; el lápiz y la libreta cayeron al piso de entre sus dedos y ni siquiera pareció darse cuenta. Bañadas en una lluvia furiosa de gotas de su saliva, las preguntas se hacían imperantes y atropelladas exclamaciones.

—¡Pero cómo! ¿Estás segura?

La muchacha parecía sentirse atraída o absorbida por su vivencia, impaciente de saber su final. Prosiguió hablando, sin detenerse para contestar a las preguntas de su interlocutor.

—Con mis manos la tomo y la giro en la cama. Está ahora boca arriba, durmiendo aún, más bien semidormida, como hipnotizada. Sus senos son grandes y su cuello muy fino. Le estoy abriendo las piernas... es mi mancha de nacimiento, la tengo en mi entrepierna, no me queda ninguna duda, la mujer en ese lecho soy yo...

Él, desconcertado completamente, impugnó, como defendiéndose de una vil injuria arrojada sobre su intachable persona.

—¡Imposible!, no puedes tener dos vidas simultáneas. Es una paradoja estúpida, es infantil. ¡Simplemente no puede ser!

Caroline, sin reparar en los descontrolados comentarios de Ryan, llevó una de sus manos por encima de su falda, hasta su sexo, dejando escapar un gemido libidinoso. Su respiración onda, poco a poco fue *in crescendo*. Se mojaba los labios constantemente, asomando una lengua roja y húmeda por entre los inmaculados dientes simétricamente ordenados.

—Me estoy montando sobre la mujer, encimando sobre mí misma... estoy muy excitado. Tengo la mano en mi pene... es inmenso ¡nunca he visto algo así! Es áspero y muy grueso, al rojo vivo, es distinto al de los hombres... Tengo que penetrarla.

Ryan calmó sus ímpetus. Atento, con la boca abierta, prestó oídos a su colaboradora. La muchacha manoseándose ágilmente la ingle y su entrepierna continuó.

—Estoy tratando de penetrarla, pero... me es muy difícil. A pesar de que ella está totalmente húmeda, no consigo entrar.

El psiquiatra estaba mudo, escuchando cada palabra con suma atención, concentrado, como si se tratara de un asunto de vital importancia. Su respiración se agitaba con cada palabra de la mujer. Ella olvidada ya completamente de su compañía, relataba lo que veía, como si su placer fuera más intenso al describir la situación en su virtual soledad. Tenía estimulados a extremo los sentidos, excitada, acariciando con una de sus manos notoriamente entre sus piernas y con la otra, con sus dedos abiertos, sobre su pecho fuera de control, siguió hablando, su voz era sensual, levemente profunda.

—La penetré, con mucha dificultad, pero entré de golpe en su carne, con un grito tremendo de ella... Hierve por dentro... siento mucho placer. ¡Estoy muy caliente! Me muevo sobre su cuerpo, su piel es muy tibia, la siento caliente, como si su temperatura fuera mucho más alta que la mía. Soy brusco, siento que la cama se va a desarmar. ¡Qué placer más intenso! Ella también está gozando, mueve la cabeza para ambos lados, está como desesperada, gimiendo desquiciada, con su boca abierta a más no poder. El movimiento de su cabeza me muestra su precioso cuello. Soy yo, estoy frente a frente a mi propio rostro... ¡haciéndole el amor a un espejo!

No cabían más pensamientos en la mente del doctor, estaba anonadado con el descubrimiento y embobado con los jadeos sensuales de Caroline, y se repetía una y otra vez susurrando "asombroso... asombroso". Dejó que la mujer tuviera total libertad. Ella, ajena al mundo, se entregó al deleite de su erótico y singular sueño, gimiendo y revolcando su cuerpo sobre el sillón, como una serpiente herida, tocándose impú-dicamente las partes más íntimas de su anatomía, jalando sus ropas, rasgando los ojales de sus botones y desordenando alocadamente su cabello. Ya no hablaba, sólo gemía escandalosamente, lujuriosa, su rostro estaba desencajado por el placer; su alma estaba poseída por un ser *hipersexual*, un sátiro, una ninfa afiebrada o los dos... Fueron unos eternos minutos de un espectáculo sexual sobrecogedor nunca en la vida imaginado por el catedrático Weill, un espectáculo que lo tenía al borde de la legalidad y la moral, al borde de la violación de su juramento hipocrático: la iba a tocar, a pesar de sus conservadores principios, a pesar de su educación, a pesar de su matrimonio y de sus hijos, la iba a tocar... Extendió su mano temerosa, alargando trémulos sus blancos dedos deseosos, percibiendo el calor en sus yemas al acercar la mano al cuerpo *animalado* de esa deslumbrante hembra en celo, la iba a tocar, no le faltaba nada para experimentar el paraíso ahí inclinado desde su silla de cinco mil dólares, y todo terminó de golpe cuando ella chilló con su voz ronca y alterada por la euforia.

—¡Siento mi orgasmo próximo! ¡Ya viene!

El profesor Weill de un salto quedó clavado en su silla, con el corazón explotándole y retumbándole los latidos en sus oídos como un bombo gigante. No dijo nada, asustado, no dijo nada.

Retomando el relato dejado hace un rato, Caroline continuó hablando.

—Su cuello me calienta, me llama, se lo estoy besando, le paso mi lengua fría, su piel es caliente, muy caliente, afiebrada a mi tacto, como si yo estuviera congelado. Me gusta mucho, me hace sentir vivo. Mis babas caen sobre su piel. Le mojo el cuello y los senos... ella gime como una cualquiera, grita como una cualquiera, y yo jadeo como una bestia asesina.

Ya despierto súbitamente de su potente y sensual pausa, el doctor reinició nervioso su interrogatorio.

—¿Ella está consciente de lo que pasa? ¿Te ve?

—No... Ella está en un trance... ahora abre los ojos, pero no me ve... para ella es... para ella es un sueño.

No hubo réplica de su interlocutor y prosiguió.

—Siento que voy a explotar. Su cuello me calienta, no lo resisto y se lo muerdo...

Todo quedó nuevamente en silencio en aquella ocre habitación. Ella, concentrada en su vivencia, y él, callado, sin nada qué preguntar, bloqueado, esperando infructuosamente alguna luz que iluminara su inteligencia. Se aproximó para mirarle el rostro más de cerca, para descubrir en sus gestos las sensaciones que describía, esperando a que hablara, y al no hacerlo, la recriminó.

—¡No te quedes callada! Sigue hablando... cuéntame todo lo que ves—. Pero la mujer no habló.

El silencio se hizo misterioso, no se escuchaba un solo ruido. Ryan estaba paralizado esperando respuesta. La habitación se congeló, sólo las cortinas danzantes de un abierto ventanal corredizo por donde entraba un callado viento frío, daban la sensación de una imagen en movimiento; de que esa imagen no era una fotografía. Después de un par de minutos ella dio un gritó impresionante. El doctor tuvo un espasmo que lo desestabilizó, casi provocándole una caída, y cuando se hubo en un instante erguido, preguntó angustiado.

—¿Qué pasó por Dios? ¡Contesta Caroline!

Los dientes de su paciente estaban apretados, forzando su mandíbula, cerrados sus ojos exageradamente, como mueca de un dolor agudo que le hacía arquear notoriamente su torso sobre el sillón, gritó:

—¡Estoy teniendo un orgasmo increíble! Es increíble. ¡Qué placer más intenso!

Él se tranquilizó y sentándose, preguntó sin ideas.

—¿Y ella? ¿Qué hace ella?

—Ella también grita, me entierra sus uñas en la espalda. Tiene una mancha oscura en el cuello... la mancha también está en la almohada. Creo que es sangre. Si, es sangre, la siento en la boca, me gusta, me gusta el sabor de la sangre... ahora estoy pegado a su cuello, succionando.

Con un gesto de asco y de incomprensión, el doctor la interrogó preocupado.

—¿La quieres matar?

La respuesta fue tajante.

—No. No la quiero matar. Ella me gusta, ella sigue viva.

Satisfechas sus dudas sobre ese episodio en especial, la instó a contarle lo que sucedía inmediatamente después.

—Estoy saliendo de mi casa. Me siento satisfecho y con mucho sueño. La noche está linda, me agrada.

—¿A dónde vas?

—A descansar.

No conforme con esa respuesta, el médico trató de seguir escarbando más adelante.

—Pasa esa noche. Ve al día siguiente.

La respuesta fue otra afirmación tajante de su paciente.

—No hay otro día. Nunca hay día.

El profesor tranquilo, ya sin asombrarse, acostumbrado en ese poco tiempo al inusual relato surrealista de ella, le solicitó.

—Entonces, sigue hasta cuando despiertes de nuevo, ¿lo puedes hacer?

Caroline se quedó muda, reflejo de su intento por seguir las instrucciones, y habló.

—Es de noche de nuevo, han pasado nueve noches

desde que me dormí. Tengo mucha hambre, Ryan...

—Lo sé, ya comerás. ¿Puedes ver en dónde estás?

Ella levantó sus manos, tratando de tocar con sumo cuidado algo inexistente sobre su cuerpo, después de aclarar su propia duda, le contestó.

—Es increíble... estoy en el aire, estoy volando sobre la ciudad.

Las respuestas se hacían cada vez más descabelladas y el doctor empezó a dudar de sus palabras. Quizás sea sólo un sueño demasiado real que su cerebro asimiló como una vivencia verídica —pensó—. La certeza de que había cometido algún error en la canalización de la fuerza mental de su paciente se iba haciendo latente y le preguntó, más por protocolo que por verdadera curiosidad científica, mientras recogía la libreta de notas que aún estaba en el piso.

—¿Volando? ¿Estás en un avión?

Ella, fascinada con su visión respondió.

—No, estoy volando como un pájaro. Tengo alas.

Él ojeaba sus anotaciones buscando el punto donde se desvirtuó el trance de Caroline, y sin dar mayor importancia a lo que ella decía, volvió a preguntar.

—¿Alas sintéticas o alas reales? Acaso, ¿eres un pájaro ahora?

—Son alas reales. Y no, no soy un pájaro, más bien soy algo parecido a un murciélago, un murciélago muy grande.

Una leve sonrisa se esbozó en la boca del profesional, casi seguro de que lo que decía su paciente era una ilusión. Ya no le importaba que su nueva teoría no fuese corroborada, menos aún con un relato tan tétrico y fantástico como el que estaba escuchando. Se sintió relajado, mucho más tranquilo, como habiéndose sacado de encima un problema complicado, y aliviado continuó preguntando. Pero ésta vez para saber cómo terminaría la historia creada por la fértil imaginación de su paciente, y no para escarbar traumas en vidas pasadas.

—¿Tienes pensamientos? ¿Piensas como un hombre o sólo tienes instinto animal?

—Como... ninguno de los dos —respondió ella insegura.

—Si no eres hombre ni animal, ¿qué eres entonces?

La voz de Caroline se hacía distinta con cada palabra, se hacía calmada y susurrante.

—No lo sé, no sé lo que soy... no tengo pensamientos de vivo, no los encuentro... estoy muerto.

El psiquiatra interesándose de nuevo preguntó:

—¿Y a dónde se supone que vuelas?

Se estaba poniendo de pie con la intención de detener la grabadora, cuando la respuesta lo dejó congelado a medio camino.

—Vengo hacia acá.

Nervioso, con otro de esos presentimientos acosándolo, le replicó.

—¿Dónde hacia acá?

El halo que envolvía a la hipnotizada se hizo tenebroso, de miedo. Le respondió con un dejo de burla en sus palabras.

—Vengo hacia acá... a tu despacho.

—¡Qué!

Los ojos casi se le salen de las órbitas, la pesadilla en un segundo devolvía todos sus miedos a su cuerpo.

—¿Y a qué vienes a mi oficina?— preguntó.

La voz de la mujer cambiaba más a cada momento, como si el emisor de una señal de radio se viniera aproximando rápidamente, haciendo la comunicación más potente en el receptor. Su voz se tornaba ronca y profunda.

—¿No lo imaginas, doctor? ¿No eres tan inteligente?

Ryan Weill no respondió, no sabía qué hacer, quedó desconcertado. No quería creer lo que relataba Caroline. Un mar de incertidumbre lo bañaba y él no tenía respuestas al caso, no cabía duda de que fuera o no cierto, él estaba aterrorizado, con la mente nublada, a punto de orinarse ahí mismo. La persona que hablaba no era su paciente, era otra. ¿Sería eso posible? ¿Acaso estaba ante otro descubrimiento? ¿Podría ser Caroline algo así como un transmisor de radio que lo comunicaba con el más allá? Y si fuera así ¿ese espíritu le estaba gastando una broma macabra? Sin pensarlo más, buscó su saco y se lo estaba colocando, con la intención de despertar a la muchacha y terminar la sesión cuanto antes, cuando escuchó esa voz de nuevo.

—Dr. Weill, ya no hay salida.

El sonido que producía la garganta de Caroline ya nada tenía que ver con ella, demasiado ronco para una mujer, demasiado ronco incluso para un hombre, tan ronco como una bestia. El psiquiatra asombrado y aterrorizado por las palabras, dejó salir un grito agudo donde apenas se entendía lo que decía.

—¿Por qué? ¿Qué te he hecho yo?

Ella parecía muerta, no se percibía su respiración y ya no había movimientos oculares ni corporales, estaba totalmente apresada por el ente que hablaba a través de sus labios.

—Me perturbaste, doctor. Te inmiscuiste y ahora sabes quién soy.

Un sudor frío corría sobre la piel del psiquiatra mientras buscaba en su escritorio las llaves de la caja fuerte donde tenía guardado un revólver. Se hablaba a sí mismo, produciendo unos sonidos ininteligibles, producto del nerviosismo, estaba a un paso del llanto, a un paso de un ataque de histeria y desde su escritorio le gritó a la mujer o lo que fuera que reposaba en el sillón.

—¡No sé quién eres!... tú... tú eres ¡Caroline!

—No. Yo hablo a través de ella, así como ella vio a través de mí, y eso tú lo sabes, ella te contó lo que vio en mis ojos. Te relató siglos. ¿Te gustó jugar, doctor Weill?

El médico, al no encontrar la llave, se dejó caer derrotado sobre la silla del escritorio, con la cabeza entre las manos, adolorido, arrepentido, angustiado. Una lágrima se le asomaba por la mejilla izquierda y con la voz temblorosa susurró con un sonido que sólo podría haber escuchado él mismo.

—La mataste, maldito.

Resonando en todos los rincones de la habitación, el ente respondió.

—No está muerta, pero ya no es de ustedes. Ella es mía; soy su mentor, desde hoy aprenderá de mí y tú serás su iniciación.

—¿Quién eres, desgraciado? —bramó resignado el psiquiatra.

Se escuchó un ruido sordo en el ventanal, las cortinas se inflaron en un instante como si una violenta ráfaga de aire las hubiera movido. El doctor se espantó, levantó la vista y estuvo unos segundos mirando atento, con el corazón ahogándole en su garganta, sin que nada más ocurriera en las ventanas. En el sillón, Caroline despertaba, se tomaba la cabeza con las dos manos y carraspeaba insistentemente. Se escuchó una voz y esta vez no la emitía ella, una voz muy ronca y flemática, una voz siniestra; venía de detrás de los cristales.

—*EGO MAGISTER AETERNUS SUM, DOCTÔRIS WEILL* —y el diabólico ser hizo su presencia en la habitación.

Ryan Weill llorando, cayó de rodillas, sin siquiera atreverse a mirar. Se persignó y rezó mientras pudo, rogando ayuda a Dios. Como un susurro casi imperceptible, se escuchó la dulce voz de Caroline, su timbre sensual era salpicado con un tono burlón.

—Tengo hambre, doctor... Y ni tus patéticos rezos podrán ayudarte en esta ocasión.

Cosas de la sangre

El sepelio fue breve y formal, aunque muy sentido. Después de la misa y luego de que los tres féretros descendieran a la fosa, los asistentes, uno a uno, fueron despidiéndose del único deudo presente. Era un hombre joven, de rostro demacrado y ojos enrojecidos por el llanto.

La gran fila de vehículos fue desapareciendo poco a poco hasta quedar solamente uno en el lugar.

A la sombra del gran toldo de lona verde, Bruno le rogó a su mujer que partiera sola; deseaba un momento de intimidad con sus muertos. Ella, contrariada y muy triste también, sosteniendo al hijo de ambos en brazos, no intentó disuadirlo, veía a su marido sumamente afectado, no obstante, entendía su deseo y sabía que en su lugar ella probablemente querría lo mismo. Lo despidió con un beso en la mejilla y, ocultando su preocupación con una forzada sonrisa, le dijo que estarían esperando por él en casa. Luego se subió al coche y se marchó.

En la soledad del cementerio, el joven se sentó en el césped y les dio el adiós íntimo a sus seres queridos. Trató de entender la tragedia, pero no encontró manera ni el consuelo que le ayudaría a levantarse al día siguiente. ¿De dónde sacaría ganas después de esto? Recordó y meditó largo rato, mezclando la risa con el llanto.

No sabía cuánto tiempo había transcurrido cuando vio la sombra de alguien que se acercó por su espalda. "Mi más sentido pésame", se escuchó en una voz ya gastada por los años. No tenía deseos de conversar y pensó en despachar al visitante, pero cuando miró descubrió a un anciano de rostro compasivo; sujetaba una pala en una de sus manos. Pensó que venía a pedirle que saliera del cementerio, pero en cambio, el hombre le ofreció compañía. Parecía sincero y, apenas con lo poco que había hablado, le hizo sentir una rara sensación de cercanía, quizás por su sonrisa diáfana o su mirada humilde y honesta, no lo supo. Estaba vestido con un overol gris y botas de caucho, sin duda ropas de trabajo, pero tenía un aire extraño, como antiguo, de otro tiempo, la forma de peinar su pelo cano y su cortesía al hablar no encajaban; se le antojó como alguien salido de una película en blanco y negro.

Aceptó la oferta más por dilatar su partida del lugar que por necesitar realmente compañía. El recién llegado con mucho esfuerzo y lentitud se sentó a su lado, bromeando sobre sus movimientos torpes.

Mantuvieron una conversación trivial, sin profundizar en nada. El extraño, —Fortunato se llamaba— parecía ser muy culto y además dueño de una palabra amena e ingeniosa, no perdía oportunidad de insertar un chiste perspicaz, humor lleno de finura y autocrítica. Inspiraba familiaridad, era de esas personas con ese carisma único que atraen como un imán y Bruno no fue la excepción a su influjo. Se pasó casi una hora absorto escuchándolo, el ángel de ese senil individuo fue tan poderoso que se preguntó si acaso no estaría hablando con un fantasma, qué lugar más propicio que un cementerio, pensó, algo turbado por la ocurrencia. De todas maneras el viejo había conseguido algo muy difícil, distraerlo de su pena, hasta el instante en que Bruno le hizo saber que le parecía una persona demasiado vital para su edad: "pero no siempre fue así, respondió el anciano". Una sombra se cernió sobre su rostro y agregó: "Leí en el periódico lo ocurrido a sus padres y a su hermano. Por eso me acerqué a hablarle".

Borrando la sonrisa de su rostro, el aludido sólo asintió cabizbajo.

—Es una tragedia —continuó el anciano— y que los criminales hayan escapado la hace todavía más injusta.

—Mataría a esos hijos de puta con mis propias manos si tuviera oportunidad —contestó el joven lleno de furia y estrujando entre sus dedos un jirón de césped y tierra arrancado del suelo—. Francesco apenas tenía dieciocho años, ¡malditos asesinos malnacidos!

—Lo sé amigo, lo sé tan bien como usted. Yo pasé por algo muy parecido, o incluso peor, aunque al decirlo no pretendo disminuir su terrible pérdida. Esa misma rabia que veo en sus ojos yo la guardé 50 años, en vano. Y se lo digo sinceramente, no vale la pena, sólo sirve para envenenar el alma.

—No lo sé, este dolor es muy fuerte. Recién el año pasado mi tío fue asaltado y apuñalado en la misma puerta de su casa. Y ahora esto. ¿Se puede perdonar a un cobarde de esa calaña? Realmente lo dudo. ¿Y si le sucediera a mi hijo? No, definitivamente no puede andar esta gente por la calle.

—En eso estoy de acuerdo, ese tipo de gente debería pudrirse en la cárcel; aunque en mi caso fue al revés.

—¿Qué quiere decir?

—¿Tendrá tiempo para que lo agobie con mi historia?

—Adelante. ¿Aún podemos quedarnos aquí un rato más, no?

El viejo asintió, después suspiró, miró las coronas de flores y comenzó su relato.

"Como ve, soy tan viejo que estoy a un paso de estirar la pata, tengo 83 años, pero en el verano de 1935 yo apenas tenía 10… de eso hace ya una eternidad. Si me permite decirlo, fue un verano extraño y caluroso. Con mis dos hermanas y mi hermano mayor nos pasamos esa temporada nadando en un riachuelo que cruzaba nuestras tierras, cerca de Piacenza. Vivíamos en una hacienda propiedad de mi padre, donde criaba vacas y tenía algunas hectáreas de bosque; todo parecía ir bien, éramos lo que se dice una familia feliz. Pero una fatal noche despertamos con unos impactos, como truenos. Todos dormíamos en el segundo piso de la casona; cuando desperté sobresaltado, mi hermano Franco ya estaba incorporado en la cama y parecía a punto de llorar. Escuchamos dos impactos más, muy fuertes, y supimos que venían desde el dormitorio de nuestras hermanas. Fue de él la idea de huir, mi hermano ya estaba en la ventana buscando cómo bajar cuando se abrió la puerta. No vi quién era, mi espanto fue tan grande que no me atreví a mirar y salí a la carrera hacia mi única salida. Dos balazos pasaron rozándome, pero un tercero me dio en la espalda y me fui de bruces al suelo. Ahí, el asesino me dio un tiro en la cabeza a quemarropa, que me entró por acá —señalándole un punto en la nuca con la mano y otro en el pómulo derecho, continuó— y salió por aquí, aún se nota la cicatriz, ¿ve? Debería estar muerto hace ya 73 años, pero tuve mucha suerte porque mi atacante gatilló una vez más el revólver, pero la cámara estaba sin balas y finalmente desistió. Cuando le gritó a Franco por la ventana que volviera, que no pasaba nada, supe que era mi padre.

Me pasé seis meses en un hospital recuperándome, mi hermano unos tres en el mismo recinto porque al saltar se había roto una pierna. Esa maldita noche se arrastró hasta llegar a las casitas de los obreros. Cuando los trabajadores fueron a nuestro hogar encontraron a mi madre y a mis hermanas muertas, de mi padre ningún rastro, hasta el día siguiente, que fue hallado en la ribera del arroyo que frecuentábamos; se había desarrajado un escopetazo en la cara.

Después se supieron algunas cosas y no es por justificar lo que hizo mi padre, pero algo de razón tenía. Primero, una enfermedad muy dolorosa, sufría de cálculos renales, hoy es casi una nimiedad pero en esos tiempos dolía de puta madre el asunto. Segundo, estaba en la ruina y sólo él lo sabía, muchas deudas y compromisos; y un año demasiado caluroso no fue el adecuado para apaciguar a los acreedores. Y tercero, mi madre se revolcaba con el capataz, un campesino alemán conocido en la zona por sus amoríos. Sumémosle el calor, los mosquitos y el alcohol; la verdad es que el pobre debió estallar.

Con Franco pasamos por tres orfanatos diferentes, siempre juntos. No nos teníamos más que el uno al otro. Nuestro lazo se hizo muy fuerte, mucho más que antes. Y ya cumplida la mayoría de edad seguimos juntos, trabajando en los mismos lugares y viviendo en las mismas pensiones, peleando en las mismas riñas en los mismos bares. En el 47 senté cabeza y me casé, el mismo año tuve un hijo, Dante. Nosotros no somos muy agraciados, pero mi mujer era muy hermosa, y mi hijo fue como ella, era precioso.

En 1953 mi hermano, que vivía con nosotros, me propuso un gran *negocio*. Era un robo, el robo perfecto según él, nadie saldría herido, nadie nos vería la cara y todo duraría cinco minutos. Después de dos semanas meditando, acepté, y le cuento esto con la conciencia limpia del que ya ha pagado sus culpas. Se trataba del astillero de una ciudad cercana, que tal día del mes juntaba las recaudaciones en tal oficina. Lo hicimos y ciertamente todo resultó perfecto. Era una pequeña fortuna, suficiente para que ambos no trabajáramos más el resto de nuestros días.

La noche en que celebramos, acordamos guardar el dinero un tiempo hasta que el asunto se olvidara, estábamos felices, eufóricos. Mi mujer no sabía nada y nos preguntó un par de veces al respecto mientras nos servía de comer; nada dijimos, no queríamos alarmarla: estaba nuevamente embarazada. Ya de madrugada, en medio de la borrachera, Franco fue al baño, —por lo menos fue lo que dijo—. Al volver se detuvo de pie frente a mí, yo, sentado, me quedé mirándole inocente. Me puso un revólver en el pecho y todavía no salía de mi asombro cuando abrió fuego. Caí hacia atrás y me dio por muerto, de hecho fue como si lo estuviera, no podía mover ni siquiera los párpados, pero al igual que la noche del 35, estaba consciente y lo escuchaba todo.

Oí como asesinó a mi bebé y como violó a mi mujer antes de matarla también. Después recogió el dinero y al pasar junto a mí dejó el revólver en mi mano. Seguramente notó que respiraba y me pidió perdón al oído con un cínico susurro, lo recuerdo como si fuera ayer… Y con las manos me bloqueó la respiración buscando asfixiarme. Debí morir, pero por gracia de Dios o del mismo demonio no sucedió. La historia casi fue exacta, mujer e hijo asesinados y padre que intenta suicidarse, no valieron mis explicaciones después de salir del coma, yo era un parricida con antecedentes familiares y además un ladrón, me dieron la pena capital sin titubear. Cómo logré librarme de la ejecución —y por tercera vez me salvé de la muerte— no viene a cuento ahora, el caso es que me permutaron la condena por la de cadena perpetua, de la cual cumplí 35 años. La verdad es que no me interesaba cuántos años fueran, por mí hubiera sido mejor la muerte. Estaba destrozado, todo lo que quería se había ido, incluido él, mi hermano. No exagero si le digo que pensé en él cada día que estuve preso, preguntándome por qué, cada día y cada noche imaginando cómo lo mataba de mil maneras diferentes.

Cuando me soltaron en el 88, ya tenía 63 años y sentía que no valía la pena recomenzar mi vida, a esas alturas no. Viejo e inadaptado, hubiera sido tiempo perdido. Entonces me dediqué a buscarlo, sabía que sería una empresa casi imposible, teniendo en cuenta que podría haber huido incluso al extranjero y con otro nombre; podría haberse ido a donde quisiera con esa cantidad de dinero. Lógicamente fue trabajo perdido. A los cinco años abandoné, aunque nunca dejé la búsqueda del todo, siempre que podía ojeaba algún directorio telefónico buscando un nombre que me iluminara, aunque nunca di con nada. Pero hace tres años, mirando un noticiero en la televisión, lo vi. Imagínese, habían pasado 52 años desde la última vez que estuvimos juntos, pero estaba seguro de que era él. No tenía un nombre ni ningún dato que me llevara al fulano que estaba en el televisor, sólo una ciudad con medio millón de habitantes por investigar. Tuvieron que pasar dos años más hasta que por fin lo ubiqué ¿y sabe amigo? Las cosas del destino, el maldito destino, ¡el traicionero destino! El desgraciado había muerto de un infarto hacía un par de meses. ¡Qué hubiera dado por mirarlo a los ojos!"

El anciano se quedó pensativo observando el suelo como hipnotizado, los ojos se le inundaron pero no dejó caer ninguna lágrima. Bruno no sabía qué decir ni qué hacer. Sacó sus cigarrillos, cogió uno y le ofreció el paquete a su acompañante, éste aceptó.

—Es una historia impresionante —dijo al fin—. Es increíble que sea cierta.

Encendió los dos cigarrillos; ambos aspiraron en silencio disfrutando como nunca el humo inhalado. El anciano lo miró a la cara, Bruno leyó en esa turbia mirada rencor y dolor, y concluyó que ese hombre, contrario a lo que decía, después de 50 años aún no olvidaba.

—Es cierta, créame amigo, que lamentablemente es cierta —y le dio una nueva calada profunda al cigarrillo, como si estuviera apurado por consumirlo.

El octogenario se puso de pie con lentitud, debió apoyarse en la herramienta que traía. Ya no era el mismo que hacía unos instantes; de la alegría contagiosa había pasado a la pesadumbre de la vejez. Bruno lo siguió; continuaron fumando en silencio, observando el entorno que los rodeaba. El joven se recriminó por la absurda idea que había tenido de que su interlocutor pudiera ser un fantasma, y acotó para romper la incómoda quietud.

—Escuché alguna vez que el que quiere venganza está condenado a guardar sus heridas abiertas, pero sabe, no me importa, no deseo olvidar, quiero llevar este odio contra estos animales por el resto de mi existencia.

—También dicen que en la venganza el débil es el más feroz —agregó el viejo.

—Muy buena frase, me gusta —tiró la colilla al césped y la pisó—. Es agradable conversar con usted, estaría hasta la madrugada hablando, pero supongo que debe trabajar...

—¿Trabajar? No, yo no trabajo.

—¿Y eso? —Preguntó señalando la pala.

—¿Esto? —Inquirió el anciano levantando la herramienta que tenía en su mano—. ¿No creerá que es para cavar?

—¿Y entonces para qué?

Como respuesta el viejo señaló con el mentón algo detrás de Bruno, éste se volteó para mirar; contempló todo lo que alcanzaba su vista, pero ahí sólo había césped, árboles y tumbas solitarias. Cuando se volvió, algo oscuro se le vino encima, le cegó la vista y los sentidos. Cayó al suelo aturdido e inmediatamente sintió el sabor metálico de la sangre en su paladar; apenas podía moverse y apenas podía escuchar, todo se le oscureció.

—¿Qué suce…de? —alcanzó a balbucear.

Su acompañante, de pie junto a él, con la herramienta en la mano, lo contemplaba extasiado y le respondió.

—Le acabo de golpear en la cara con la pala.

El herido intentaba mirar hacia donde venía el sonido, pero sólo veía destellos de luz que le herían los ojos.

—Pero… ¿por qué?

—Sucede que en esta miserable vida pagan justos por pecadores.

—No… no entiendo.

El viejo escupió al césped y se secó la frente con la muñeca, realmente, dar ese golpe le había exigido mucho esfuerzo. Inspiró largo y respondió.

—Le acabo de contar una historia, ¿no adivina?

Apenas podía comprender, o recordar en qué lugar estaba. Tenía una laguna mental momentánea producto del trauma y no dijo nada. El anciano con dificultad se puso en cuclillas para decirle con rabia en la voz:

—Su sangre está envenenada como la mía.

Lo que escuchó le pareció una sentencia, pero aún no comprendía. Sintió unas manos que buscaban algo en su chaqueta, oyó el tintineo de sus llaves.

—Por Dios… ¿qué busca?

El agresor, balanceando las llaves de su víctima para que las escuchara, le contestó.

—¿Sabe? A mi padre su padre lo violaba a diario —rió con ironía e hizo una pausa para continuar—. Llevamos un siglo cagándonos la vida entre nosotros mismos. Los Angelini, ése es su apellido real, amigo, y no el que dice su acta de nacimiento, los Angelini somos un compendio de crímenes y pecados. Nuestra estirpe es un resumen de la historia del hombre a pequeña escala, ¿no le parece una analogía genial? ¡Vamos! Mencione un crimen y seguro que ya lo hemos cometido.

Los ojos del herido se recuperaban y el rostro del viejo comenzó a emerger de entre las tinieblas en que estaba. Su imagen, ¡ésa cara! ¡Cómo no! No sólo recordó la historia que había escuchado momentos antes, sino que recién vino a notar el parecido innegable que tenía ese hombre con su abuelo fallecido. El anciano se reincorporó, con lentitud otra vez, miró a su alrededor buscando testigos, pero estaban solos en ese *hermoso* paraje. Pensó incluso que le agradaría terminar en un lugar así.

Bajó la vista y agregó.

—Hasta siento pena por hacerle esto, no me sucedió con sus padres ni con su tío, ni siquiera con su hermano. ¿Sabe? Me cae bien. Apostaría a que usted es una buena persona, y se me hace muy difícil esto; temo que el corazón de un viejo a veces tiende a ser un poco blando.

Bruno comprendió en ese momento que iba a morir, pero no era eso lo que más le preocupó. ¿Por qué ese desgraciado le había quitado las llaves de su casa? Intentó ponerse de pie, pero se sentía atrapado en la peor borrachera de su vida. Impotente rogó.

—Por favor… no le haga daño… a mi familia.

Su agresor se rió a carcajadas, de verdad que le hizo gracia lo que acababa de oír.

—Tiene suerte de que ya ni siquiera logre una erección, amigo —le vomitó riéndose.

—Por favor... mi hijo es un bebé.

—No sufrirá, es lo más que puedo prometer.

—Ellos no tienen nada que ver en esto. No les haga daño… por favor.

El anciano comenzando a levantar la pala, agregó.

—Usted y su hijo estaban condenados cuando nacieron, son cosas de la sangre. Su abuelo condenó a toda su descendencia cuando mató a la mía —después de tomar aliento agregó—. Si pasa por el infierno hoy, dígale al hijo de puta que esta noche voy por él.

Dejó caer la pala con todas sus fuerzas, esta vez de canto, atravesando con su filo oxidado y mugriento el cráneo indefenso de su víctima. A continuación, contempló su obra unos minutos mientras recuperaba el aliento. Pensó en arrastrar el cadáver hasta la fosa donde estaban los féretros, le pareció un final poético, pero debía reservar energías para más tarde y desistió.

Después, despreocupado, se alejó silbando una tonada campestre de sus tiempos mozos. Con las manos en su espalda balanceaba un juego de llaves al son de la melodía. El sol ya se ponía en el horizonte y él esa noche tenía una cita, la última de su vida, la última de esa vida.

Salto temporal

El acontecimiento que terminó con la existencia de Jorge Haslam, solitario profesor universitario de historia y música, y escritor frustrado, fue como el final siniestro de algún cuento de hadas. Ese amanecer caía una nevazón densa y empalagosa sobre la autopista, y cuando se disponía a cruzar en su coche por un angosto puente, vio una sombría figura detenida enfrente, como esperando, contrastando con la imponente nevasca que cubría paisaje y cielo por completo. No conducía muy deprisa, pero la fuerte impresión le hizo perder el control del vehículo que derrapó de un lado a otro como si estuviera sobre una bien urdida trampa resbaladiza de concreto y hielo.

La silueta era de una criatura muy alta y delgada, más alta que cualquier ser humano. No tenía cara, bajo su oscura capucha sólo había una oquedad negra y vacía. Pero Jorge sabía que lo observaba, sabía que ese mefistofélico ser estaba consciente de su presencia ahí. Y el miedo le heló la sangre ese fatídico invierno del 91. No hubo más, el automóvil ingresó al puente sólo para salir despedido por uno de sus costados. La caída al luminoso vacío apenas duró dos segundos, pero suficientes para que él recordara una vida pasada que no le pertenecía, como si fuera el casual espectador de un sueño ajeno.

Al instante del impacto, el poderoso estallido lo despertó en su cama. Agitado se incorporó. Sudaba a mares, y el silencio total en el que se encontraba lo inquietó hasta el punto de sentirse angustiado. Seguía soñando, pensó. Era su dormitorio de niño, tal cual lo evocaba, era como retroceder veinticinco años en su propia historia. Se levantó ansioso, preguntándose qué estaba sucediendo. Al bajar tembloroso las escaleras, en pijama, y ver a su madre sentada a la mesa, la consternación lo fulminó, cayó desmayado al piso. Ella había fallecido hacía cinco años, y ahora estaba ahí, enfrente suyo, viva y mucho más joven de lo que la recordaba.

Le costó mucho entender esa elipsis extraordinaria en la que se hallaba, causada por algún mágico azar del destino, pero al fin, no sólo la aceptó, sino que también la agradeció. Era niño de nuevo, pero con inteligencia de adulto y, mejor aún, con los nítidos recuerdos de los años ya vividos. Se juró nunca revelar a nadie su fantástico secreto, y aprovechó la dádiva que el Cielo le concedía. Desde ese momento, el chico perezoso y común, casi mediocre, de la casa de los Haslam, se transformó en un estudiante brillante, superdotado, de personalidad avasalladora, de esos genios que nacen uno en cada siglo. Pronto demostró que no sólo se quedaba en las aptitudes académicas: su ingenio, su inventiva y su arte lo hicieron millonario, siendo todavía adolescente.

Conocedor de la historia escrita del siguiente cuarto de siglo, se convirtió en compositor, logrando colocar más de cien éxitos en la cima de las listas musicales de todo el orbe; como cineasta ganó cuanto premio había y fue ensalzado a la altura de los grandes maestros del séptimo arte. En su labor de escritor, su creación fue tan rica, vanguardista y admirable que tuvo el honroso privilegio de ser el más joven merecedor del *Nóbel* de Literatura. Pero su aporté más significativo, fue sin duda en su faceta de inventor, mejorando la calidad de vida de millones de personas. Cientos fueron las revolucionarias y lucrativas invensiones de su multinacional empresa, que cambiaron radicalmente la cotidianidad y la economía de la época.

En su feliz fábula, fue también aclamado como el *Nostradamus moderno,* y se le veneró casi como a un profeta en unos y otros países. Predijo con exactitud prodigiosa los acontecimientos más relevantes: las guerras, las epidemias, las grandes tragedias, los escándalos y muertes de famosos, muchas veces incluso, alterando los acontecimientos venideros con la revelación pública de sus presuntas visiones.

Así transcurrió el tiempo, presuroso, haciendo de él, el personaje de moda cada temporada. En el mundo no hubo periódico, revista, ni programa televisivo o radial que no alabara su genio, ni conversación cotidiana que no clamara su nombre. Fue realmente una leyenda viviente, la figura del milenio; para muchos más grande aún que el mismo Jesús. Pero con el arribo del decenio de los 90, a pesar de las insistentes protestas mundiales, y de los suicidios colectivos de algunos devotos, anunció su retiro definitivo de la actividad pública. Se excusó argumentando que ya había entregado demasiado a la humanidad, y que a sus treinta y ocho años, se sentía exhausto. Sólo él sabía que se habían agotado sus anales, y con ellos, su prodigio. Se halló completamente solo a pesar de la inmensa fama, de su incalculable fortuna y de las muchas mujeres que había poseído.

Meses después, ya en recogimiento, una mañana fría de noviembre, el destino lo encontró huyendo de quién sabe qué, en una lujosa *suite* de un céntrico hotel de Gotemburgo, a miles de kilómetros del nevado puente de sus recuerdos. No quiso levantarse ese jueves. Abrió los ojos sólo para descolgar el teléfono, tragarse unas *valium* más y volverse a dormir. Su único acompañante, un felpudo gato gris, hizo lo propio a sus pies.

Finalmente despertó, en la madrugada del día siguiente. Torpemente salió del cuarto y por un rato caminó sin rumbo, descalzo, hasta que sus pies reconocieron la suave alfombra de la sala de estar. Entonces levantó el auricular del teléfono para pedir algo de comer al servicio del hotel, pero no pudo comunicarse —recordó que la otra bocina estaba descolgada junto a la cama—. Creyó escuchar algo, y con el aparato pegado a su oído puso especial atención al ruido: había un misterioso sonido acompasado y lento, que descifró después de unos instantes. Temeroso dio media vuelta y miró hacia la puerta entreabierta de la alcoba. Vio al gato salir huyendo de ahí, dando un espeluznante maullido en el justo momento en que la respiración del otro lado del receptor, en el interior del dormitorio, se hacía más vasta, más macabra, sobrehumana. El animal estaba engrifado, tal como si hubiera visto un fantasma. Se agazapó bajo un sillón, con los ojos saliéndosele de sus cuencas. La puerta de la recámara se abrió lentamente llevándole un frío sepulcral a sus sentidos. El auricular se deslizó de sus manos cayendo al suelo. Bajo el umbral, inclinándose para traspasarlo, se asomó *eso* que se había aparecido en la carretera exactamente un cuarto de siglo atrás, eso alto, oscuro y siniestro… Sin vida. El espectro, calmo, caminó hacia él, casi flameando por la amplia habitación. Con un susto de muerte, Jorge se derrumbó, quedando de rodillas sobre la alfombra, luego, gimiendo apenas un estéril rezo desesperado, agachó la cabeza con resignación. Había llegado el temido momento de pagar su deuda. El lúgubre ser, sin preámbulos, rechinando furioso unos dientes invisibles, levantó su guadaña inmensa, reluciente a pesar de la penumbra dominante, y lo golpeó con rabia, con una cólera infinita, varias veces, con saña, con odio poderoso, cegando su vida, borrando su nombre, su cuerpo, pulverizando hasta la más mínima parte de su ser existente en esa ficticia dimensión.

Jorge Haslam, solitario profesor universitario de historia y música, y escritor frustrado, fue hallado muerto bajo un puente, entre los hierros retorcidos de su automóvil. Su cuerpo fue reclamado a la morgue justo al octavo día de su fallecimiento, por su agencia de seguros, pues a más nadie le preocupó su ausencia.

La carta

Escuché una vez sobre un verdugo chino que buscaba la perfección, el corte exacto y limpio. Un día dio con él, sólo esa vez, porque toda obra de arte es única y no se puede repetir. El condenado se impacientó; de rodillas le preguntó a su ejecutor que hasta cuándo tenía que esperar. Tras él, el verdugo, limpiando la sangre de su sable y enfundándolo a continuación, pues ya había hecho su trabajo, le respondió con un brillo de orgullo en los ojos: "haga el favor de inclinarse". El hombre obedeció, acto seguido su cabeza rodó por el suelo. Aunque fueron cientos las oportunidades que lo intentó, nunca lo repitió. Esa filosa arma sólo una vez logró lo increíble, lo sublime; la muerte perfecta. ¿Puede algo tan inofensivo como una sencilla hoja de papel convertirse en un arma asesina y conseguir la perfección, tal como lo hizo el verdugo chino con su sable?

En enero de 1999, Javier Cruz recibió una carta y

a los tres días estaba muerto; felizmente muerto. Pero resulta que él era un hombre anodino, sin coraje y tímido, una persona incapaz de aplastar a una araña. ¿Entonces, de dónde sacó los bríos para matarse? Esa carta que leyó llorando más de cien veces es la clave. Llorar, de todas maneras, era su pasatiempo predilecto, así que no nos extrañemos. Pero no siempre fue así; hubo un tiempo, aunque breve, en que fue un hombre realmente feliz. Fue la única vez que se enamoró; apenas tenían 18 años, pero aseguraban que ni en un siglo podrían encontrar a alguien igual. Lástima que los padres de ella se opusieran a la relación desde un principio. Javier tocó el cielo para luego terminar arrastrándose por el infierno como un gusano, porque fueron tales los obstáculos, que la familia de ella decidió incluso, como acto desesperado y último, mudarse a una ciudad distinta. Nunca más la vio.

Desde entonces ese mocetón moreno, alto y atractivo, pleno de proyectos, se convirtió en una caricatura de hombre; encorvado, repleto de arrugas y canas, sin fe en sí mismo y, para colmo, poseedor del alma cansada de un viejo. Pero vamos a la carta.

Él vivía solo, aunque pasaba más tiempo en su trabajo que en su hogar. Como contador independiente le iba bien, al captar más clientes podría haber contratado ayudantes, pero no lo hizo; —cuidado que no estamos hablando de un avaro, porque un avaro no regala todo su dinero a un completo desconocido antes de morir—. No, él quería sentirse ocupado para no tener que pensar, porque pensar lo hacía llorar invariablemente. Así transcurrieron cerca de 28 años, todos iguales al anterior, hasta esa mañana en particular.

A su oficina llegó un pequeño paquete envuelto en el usual papel café, lo remitía un hombre desde la ciudad de Valparaíso, pero el nombre no le pareció conocido. Como cualquier persona metódica buscó primero alguna nota, la cual encontró adosada a un costado. Abrió la carta, eran dos hojas. Y empezó a leer:

Recordado Javier.

Dos cosas antes de empezar, primero discúlpame la manera tan familiar de hablarte (ya comprenderás por qué), y segundo, te aconsejo que busques una silla y te sientes. Si estás leyendo esta carta quiere decir que yo ya no estoy en este mundo. Mi nombre es Camila Freire Ríos, aunque nací llamándome Javiera Cruz

¿Alguna vez se han asustado a tal punto que han sentido una punzada profunda en el corazón? Se entumecen las piernas y las manos, se suda frío y se seca la boca, sin mencionar el nudo que se hace en la garganta. Eso fue precisamente lo que sintió Javier al leer los primeros párrafos, aunque no estaba seguro si entendía. Ansioso prosiguió.

Adivinas bien, soy tu hija, mejor dicho fui tu hija, perdona la brusquedad de este par de noticias, y espero de verdad que no tengas problemas cardiacos, no bromeo. Hace un año me diagnosticaron leucemia, por desgracia demasiado tarde. Pero no te apenes por mí, porque partí feliz (partiré), he llevado una vida plena, de la cual no me arrepiento de nada. Cada minuto lo disfruté al máximo.

Ahora estaba seguro y las lágrimas nublaron las letras que se le hicieron indescifrables. Debió hacer una pausa de varios minutos. Se sentía tan destrozado que ya se había olvidado que se podía llegar a sentir así de mal. Respiró hondo, trató de tranquilizarse y continuó.

Crecí en un barrio acomodado de Valparaíso, tuve una infancia, creo, mejor que la de la mayoría. Fui muy mimada, (regalías de ser hija única). Eso era lo que creía hasta que cumplí los 17. Mis padres cometieron el error de nunca mudarse de barrio y los rumores me alcanzaron. Fue difícil entenderlo, lloré, grité y pataleé como la niña malcriada que era, hasta que el tiempo me convenció de que nadie me traicionó y que simplemente así es la vida. Leí alguna vez que ningún destino es mejor que otro, lo importante es obedecer al que llevamos dentro. Continué entonces, me recibí de veterinaria y me casé: tienes una nieta preciosa de seis años que es igual a su abuela a esa edad.

Debió hacer otra pausa, esta vez bastante más larga porque el llanto fue desconsolado. Fueron tantos los hermosos recuerdos y tantos los proyectos truncados que se le cruzaron por la cabeza que no lo pudo soportar y explotó de dolor y arrepentimiento. Media hora debió aguardar para seguir leyendo.

A mis 20 años decidí oír a mi destino y busqué a mi mamá. La encontré en Puerto Montt, a 2 mil kilóme-

tros de ti. Tal como te sucedió, después de la separación, se consumió en la pena, su existencia la dedicaba a cuidar a su madre anciana y enferma. Nunca se casó, nunca ni siquiera hubo otro hombre. Me contó la historia de ustedes y al fin pude perdonarlos. Te pido disculpas porque alguna vez pensé mal de ti y de ella, me confesó que jamás te enteraste de que yo existía. Todo fue decidido por su padre. Mantuvimos correspondencia un tiempo... Y aquí tengo una mala noticia que darte, ella falleció hace dos años. Los médicos no pudieron determinar la causa, pero yo pienso que al morir su madre ella se sintió inútil, estaba demasiado acostumbrada a una existencia servil y se dejó llevar. Cuando estaba postrada sin poder levantarse en el hospital, viajé con mi hija para que la conociera. Si te sirve de consuelo, estoy segura que mi mamá partió en paz.

Se quedó de piedra, mirando un punto indeterminado en la pared, si no hubiera sido porque respiraba se le podría haber confundido con una estatua. No lloró la muerte de su amada en ese momento, porque no la pudo asimilar en tan poco tiempo. Después de casi una hora prosiguió.

Por datos que me dio, emprendí la tarea de buscarte. Hace dos veranos viajé los mil kilómetros que nos separan para conocerte, hasta Iquique. Te vi caminando por la calle, te seguí, pero perdóname, no me atreví a hablarte. Es que tú no sabías que yo existía y tuve mucho miedo. Al día siguiente lo intenté de nuevo, pero no pude. No sé si recordarás, (no lo creo), tuvo que ser algo demasiado intrascendente para ti, pero por un error mío nos cruzamos; pasamos frente a frente y tú me miraste, yo sé que me miraste.

Claro que te miré —susurró Javier—, lo recuerdo como si hubiera sido esta mañana. Vi en ti los ojos de ella, no me equivoqué, vi la sonrisa de mi ángel. Me la recordaste como nunca antes en 25 años. Eras tú... ¿por qué no me dijiste nada?

Te pido disculpas de nuevo por no hablar en su momento, ahora que el tiempo escasea lo lamento. Mis padres no saben nada de esto, es mi esposo el que te envía esta carta. Te ruego por favor que no trates de contactar con tu nieta, prefiero que ella siga pensando que sus abuelos son los que conoce, y la verdad que lo son. Aunque no sé por qué te digo lo siguiente: mi niña estudia en el Colegio San Ignacio de Valparaíso. Por cierto, mi mamá descansa en el cementerio Parque del Recuerdo de Puerto Montt; yo en el Parque del Sendero de mi ciudad, estaría encantada si algún día me visitas y estoy segura que ella también.

El 8 de enero cumplo 27 años, pero hoy el doctor me dijo que los voy a celebrar en el cielo. No me queda nada, por eso te escribo apurada. Perdóname si no me extiendo más, pero no puedo parar de llorar, se me hace muy difícil dirigirme a ti, me da mucha pena.

Papá, la historia que me relató mi mamá es la historia de amor más linda y triste que he escuchado jamás, me siento orgullosa de ustedes. Te deseo toda la suerte del mundo.

Hasta Siempre.

Camila.

Digerir lo que acababa de leer le costó tiempo y las lágrimas no estuvieron ausentes tampoco esta vez. Estaba ansioso por ver qué contenía ese pequeño paquete, aún así, lo abrió con lentitud y cuidado, la vista de sus ojos enrojecidos se le nublaba a cada momento. Lo primero que halló fue una fotografía enmarcada, eran su hija y su nieta, parecía de hacía poco. Sí, se dijo, las tres tienen los mismos ojos de miel. Se quedó observándolas un rato y continuó. Lo siguiente, dos calcetines de bebé, estaban enlazados con un pequeño cordel de lana. Cada uno tenía bordado un nombre: Camila y Sofía. Se los llevó a la cara y aspiró muy hondo lamentando lo que le habían quitado. El tercer regalo era otra fotografía enmarcada, ésta en blanco y negro y muy ajada, una fotografía que seguramente debió esconderse muchos años en la clandestinidad. En ella aparecía él en una banca de un parque público, en su regazo estaba sentada Catalina que le sonreía radiante a la cámara, con una mano lo abrazaba del cuello. Ésa era la única foto que se habían tomado juntos y recordaba ese momento con nitidez. Al rememorarlo, sopesó el pasado con el presente y concluyó que le habían robado la vida.

Lo próximo ocurrió en tres días. Escribió una carta tipo y se las envió a sus clientes comunicando su renuncia. Hizo algunas averiguaciones en las oficinas del registro civil para después ir al banco. Al día siguiente visitó Puerto Montt, al posterior Valparaíso y el último volvió a Iquique, donde lo encontraron muerto en una plaza a la mañana siguiente: se había abierto las venas. Era un 15 de enero, faltaba un día para que cumpliera los 46 años. En una mano sostenía la carta, en la otra la fotografía; un buen observador comentó que el de la imagen en la foto era el mismo banco donde yacía el cadáver.

Dos días antes, a las afueras del colegio San Ignacio, un hombre abordó a Sofía y a su padre. Cruzó algunas palabras y les entregó un sobre. Al despedirse le regaló un caramelo a la niña y la besó en la mejilla. La pequeña preguntó qué quién era ese anciano; su padre mirando sorprendido la cifra que marcaba el cheque, le respondió que un amigo de mamá.

Si un acto pudiera definir a un hombre, o conjunto de actos, Javier querría que fueran los ocurridos en esos últimos tres días; no los 28 años de leal luto riguroso, ni tampoco la efímera primavera que estuvo con ella. A pesar de que estaba a horas de su muerte, él se sentía más vivo que nunca. Esa es la paradoja de la historia, contrariedad aberrante que sólo se puede comparar con la belleza del arte, a veces subjetiva otras veces atrozmente evidente. Evidente a la vista como la ejecución perfecta del verdugo chino; y subjetiva como la muerte solitaria de Javier Cruz. En cualquiera de los dos casos, el arte es chocante y polémico, pero infundido de una belleza sublime, poesía para los sentidos a pesar de la violencia del acto; por lo demás, único e irrepetible.

Para Javier Cruz su muerte fue hermosa, porque a pesar de todo murió feliz, con la esperanza viva del reencuentro. Cuando lo hallaron abatido en ese parque, a sus pies descansaba el cuchillo ensangrentado, pero ni el mejor de los observadores hubiera acertado a decir que el arma asesina estaba en su mano y no en el piso. ¿Hay algún lector que compadezca su partida? He ahí la belleza indiscutible de este hecho de sangre.

En Valparaíso y en Puerto Montt dos tumbas rebosaban de flores como no se había visto antes en esos lugares.

Silencio en el umbral

Un estrecho camino de adoquines subía hasta el pórtico de la antigua casona, la que coronaba una colina sembrada de desnudos pinos. En su interior el matrimonio Blomquist dormía cálida y plácidamente; Greta y Gustav llevaban 57 años juntos. A medianoche, cuando él se regocijaba con uno de sus felices sueños húmedos que de vez en cuando lo visitaban, de súbito Greta abrió los ojos e incólume se quedó mirando la penumbra. Afuera se podía oír el viento soplando con algo de inquietud y unas esporádicas gotas de lluvia que golpeaban los cristales de la ventana. La anciana, sin entenderlo, se sintió vacía, cansada pero sin sueño y con una extraña sensación de desarraigo. El cantar del viento y la rítmica respiración de su marido los escuchó lejanos, como pertenecientes al recuerdo de un sueño. Se preguntó si no estaría viviendo uno. Con pereza se incorporó en la cama, prendió la vela de su velador y se quedó sentada mirándose los pies; se sentía aturdida y muy sensible, con un raro presentimiento que no entendía. Su marido, en un movimiento inconsciente le volvió la cara a la llama, ella lo observó con pena y agradecimiento; se calzó las alpargatas y con calma se dirigió a la cocina en busca de un vaso con agua.

La soledad recién descubierta en el lecho despertó a su esposo, que palpó el vacío y percibió la tenue luz que penetraba agonizante en la habitación. Escuchó después el grifo del fregadero y el inconfundible sonido del agua llenando el vaso. Con sorpresa escuchó también la campanilla de la entrada anunciando que alguien llamaba a su puerta. Somnoliento buscó las cerillas para prender la lámpara de su lado y se puso los anteojos; las doce y media marcaba el reloj. Se inquietó y con voz tímida le gritó a su mujer que él atendería. No obstante, como única respuesta oyó, temeroso, los arrastrados pasos de ella yendo hacia el llamado y después los quejidos de los viejos goznes de la puerta que se abría.

Sin tiempo ya, Gustav se quedó estático intentando oír. ¿Quién sería?, se preguntó. ¿Alguno de sus hijos? ¿Por qué abría la puerta con esa confianza?

El silencio lo sobrecogió, no se escuchaba nada, entonces se levantó apurado y con torpeza. "Greta... ¿Quién es?" Preguntó con un angustiado hililo de voz mientras se calzaba las pantuflas; la respuesta fue un silencio avasallador. Tomó la lámpara y al dirigirse hacia la salida de su dormitorio escuchó la puerta de calle cerrarse con sigilo. Apresuró el paso entre las alucinantes formas que la flama de la lámpara trazaba en las paredes. Al asomarse vio, con sus enfermos ojos de viejo, un bulto rosado bajo el dintel; rosado como la bata de seda de su mujer. Corrió entonces y arrodillándose la tomó en sus brazos, desesperado le habló, pero no hubo reacción en ella. Nervioso y con movimientos temblorosos revisó su pulso y respiración, pero no los encontró a pesar de la insistencia casi ciega de su búsqueda. Abrumado por la evidencia, al límite del llanto, con los cristales de sus anteojos fue al encuentro de un esperanzador soplo de vida en la boca de su amada, pero entre los labios amoratados sólo encontró el irreversible e inmaterial aliento de la muerte. Comprendió lo inevitable y con la pena de la resignación le acarició los sedosos cabellos plateados y la tez pálida de su rostro, sintió en sus mejillas la última calidez de su piel, la besó y la mojó con sus lágrimas, le dijo adiós y al mecerla con cariño entre sus brazos descubrió una hermosa sonrisa; mágica y tranquila, que le recordó al misterioso visitante de hace unos momentos. La dejó entonces y al asomarse a la calle no encontró a nadie, solo el cristalizado brillo de las rezagadas gotas de lluvia cayendo desde los árboles. Se enjugó las lágrimas con los puños y caminó trémulo hacia afuera. El frío viento acariciaba suavemente su cabello y se le metía por las aberturas de su pijama y confirmó que la calle estaba tan vacía como su angustiado corazón. Pero al mirar el suelo advirtió que sólo sus huellas estaban marcadas en el fangoso camino. ¿Entonces quién llamó a la puerta? ¿Fue su imaginación? ¡No! ¡Greta también lo escuchó! Levantó la vista y observó suplicante al cielo, como buscando algo, quizás una respuesta divina. La luna hermosa y plena surgía entre las nubes que como súbditas le abrían paso en esas inalcanzables alturas. Gustav pensó que nunca antes había reparado en el color limpio y celestial que tenía el firmamento después de llover.

Triste regresó a su casa y cerró tras de sí la puerta, con sigilo, con cuidado, tal cual la había cerrado su amada al salir en silencio para nunca más regresar.

El extraño*

Desperté sobresaltado en el sofá, acosado por un poderoso presentimiento. Y ahí estaba él, sentado frente a mí en un sillón, mirándome fijamente. Eso ya no me asustaba, muchas veces lo hizo, muchas veces desperté y lo encontré observándome, absorto. Nunca supe cómo entraba a mi casa, yo no lo invitaba y él no pedía permiso, sólo aparecía. Jamás me molestó aquello y tampoco le pregunté por qué lo hacía, ni siquiera cuando lo hallaba en mitad de la noche. Esta vez su expresión es distinta, no tiene esa postura segura ni aquella sensación de paz interior que suele caracterizarlo, se ve angustiado. Algo le ocurre y presiento que me lo contará pronto.

Lo conocí hace tanto tiempo que hasta perdí la cuenta de los años transcurridos desde entonces, pero me parece que desde niño ha estado rondando mi entorno. Al principio, en el vecindario, era tema constante de conversación por su aspecto excéntrico, pero la gente se acostumbró al poco tiempo. Él es extraño, demasiado alto, delgado como un mástil y tan pálido como la primera hoja en blanco de un libro nuevo. Sus ojos llaman la atención, semicerrados y siempre inyectados en sangre. Lo demás es negro, sus ropas, zapatos, su pelo: absolutamente negros.

Nadie sabe su nombre, ni donde vive. Por lo regular en nuestro círculo de amistades nos referimos a él como Jonathan, un nombre simbólico. Es reservado, muy raras veces abre la boca para hablar, pero siempre está con nosotros; en las reuniones, en los paseos, en el teatro y hasta en la guerra… aunque en bandos contrarios. Él fue quien derribó mi aeroplano en la batalla de *Château-Thierry* en 1918, cuando fui piloto del ejército Aliado. Fue una visión fugaz pero lo reconocí en el caza alemán que me disparó. Qué extraño, nunca llegamos a hablar de aquello, y más curioso aún, es que no me parece que sea alemán ni menos un simpatizante de las ideas separatistas del eje; su rostro afilado le da un aspecto más bien gitano.

Con los años llegué a acostumbrarme a su presencia, impregnada de acontecimientos fabulosos, acontecimientos que a cualquiera pudieran sorprender, pero que a su lado parecen cotidianos. Es como un magneto que atrae hechos fantásticos o inexplicables, él no es un mago ni un brujo, las cosas sólo ocurren cuando está presente, ¿coincidencia? No lo sé.

Cuando estuve afligido por aquella decepción amorosa que me quitó las ganas de vivir, me ayudó, conversamos largo, necesitaba un amigo y él se puso en su lugar. A pesar de su distancia y frialdad, creo que era lo más cercano a uno. Caminamos por la arena de una playa de la costa francesa. Aquel día, bajo el ocaso, habían algunos niños aún chapoteando en el mar, jugaban con un objeto oscuro y grande. Afiné mi vista, pensé que se trataba de un delfín, pero luego me di cuenta que era un tiburón, un enorme tiburón revolcándose con los niños casi en la orilla de la playa, jugando, como si se tratara de una mascota, moviendo sus aletas y su filudo hocico repleto de dientes entre las risas infantiles. Pero en compañía de Jonathan eso no me asombró; como tampoco asombraba a la gente su figura extravagante y misteriosa, ni su ropa anticuada y su caminar ligero, casi levitando. Su rostro no es agradable, es más bien feo, de una fealdad maliciosa: tiene los pómulos muy marcados y los caninos tan pronunciados como colmillos que al hablar le dan un aspecto bestial a su cara. Sin embargo, Jonathan siempre está en compañía femenina. Ellas lo siguen, sucumben a su penetrante mirada, en las reuniones y fiestas es común que desaparezca por alguna oculta puerta con una o dos hermosas damas de alta sociedad. Muchas veces ha destrozado nuestras galantes y varoniles pretensiones adelantándosenos, pero eso no nos incomoda, sólo nos cambia los planes, además sus relaciones son fugaces.

En una ocasión se fue con todas las mujeres presentes, fue un hecho muy especial, no sólo por el éxodo masivo de ellas. Ocurrió en la lujosa casona de los padres de mi buen amigo René, ya hace una década, disfrutábamos una cordial velada de convivencia universitaria y, de pronto, una de las muchachas gritó. Al aproximarnos para ver qué sucedía, descubrimos entre los almohadones de un fino sillón una araña del tamaño de una mano. Luego aparecieron más y más, no sabíamos de dónde salían. En minutos la sala se repletó de aquellos peludos arácnidos, estaban en el piso, en el techo, en las cortinas, en las mesas, en las ropas, por todas partes, fue una invasión. Cuando mi amigo René, entre los gritos histéricos de las damas, intentó aplastar a una, Jonathan lo detuvo, y nos dijo, al percibir nuestra desaprobación, que no debíamos matarlas, que las arañas eran el símbolo del destino. Matar una araña era detener ese destino —dijo—, estancar nuestras vidas, que el hilo que tejían era el nexo que nos unía al futuro. De esos esotéricos matices eran todos sus discursos. Comprendimos el mensaje (o simulamos comprenderlo). Las enormes arañas sobrevivieron esa noche, y entre risas y comentarios, desaparecieron sin que lo notáramos, así como desaparecieron las señoritas presentes junto a Jonathan. Las botellas de brandy nos consolaron.

Lo llegamos a considerar un amigo y algo comparado a un maestro espiritual o un filósofo, que aparecía y desaparecía sin que lo notáramos, que andaba entre nosotros como un fantasma, muchas veces desapercibido y otras veces, las pocas, atrozmente evidente, pero nunca nos hizo mal, al contrario, su presencia nos infundía una serenidad armoniosa.

De manera mágica lo vi aparecer en mi dormitorio en varias ocasiones, cuando me despertaba una pesadilla a medianoche o al levantarme por la mañana. Lo encontraba sentado en alguna silla observándome, concentrado, como una madre vigila el sueño de un bebé enfermo. Ahora lo hallé de esa misma forma, en la sala; debí quedarme dormido en el sofá mientras leía. Tenía en la solapa de su chaqueta negra una notoria mancha de sangre a la que no le di mayor importancia, pero la expresión intranquila de sus facciones me llamó mucho la atención

—¿Qué le ocurre? —Le pregunté despejándome con pereza los ojos con los puños.

—Lo que siempre me ha ocurrido, nada más —fue su desganada y ambigua respuesta.

—¿Hay algo que pueda hacer por usted, mi amigo? —Dije con preocupación, mientras me inclinaba para tomar un cigarrillo desde la petaca sobre la mesita de la sala.

—No puede. No hay nada que usted ni nadie pueda hacer—. Estaba derrotado, cabizbajo, sus maneras eran torpes y tenía un estilo poco decoroso en su postura.

Encendí el cigarro y agregué con inocente entusiasmo y una mirada de compasión amigable.

—Cuénteme lo que le ocurre, quizás entre los dos podríamos encontrar ayuda.

—¿Está seguro de querer saber? ¿Está seguro de poder creer lo que tengo que decir? —Sus palabras sonaron cargadas de cierta pizca de rencor o ironía que no pude determinar con precisión.

—Claro, mi amigo. A usted lo estimo mucho y no tendría por qué dudar de su palabra —repliqué tratando de recuperar su confianza.

—Hay cosas que están por sobre la amistad, que están por sobre todas las cosas que usted conoce o considera ciertas o correctas. La existencia... el espíritu, la materia, la creación...

Ciertamente no comprendí lo que quería decirme y se lo hice saber, él, mirándome piadosamente, como a un niño sin discernimiento, replicó.

—¿No me entiende?... Menos va a entender lo que me pasa. Yo no existo, colega —cuando usaba esa palabra yo lo asumía a nuestras ocupaciones en la guerra; nadie le conocía una actividad concreta—. Lo que ve usted aquí sentado en su sala no es una persona ni un ser, es sólo una visión, ¿qué le parece la noticia?

Aún sin comprender, y ahora asombrado además, me quedé mudo. Mi silencio me incomodó demasiado y la réplica de Jonathan no se hizo esperar y, aunque defensiva, la sentí como un verdadero salvavidas:

—Dígalo... me cree loco, ¿no es verdad?

Pensé que hablaba en forma metafórica, pero al

mirar sus ojos rojos, capté la seriedad de sus palabras. No logré dar crédito a lo que me decía, no podía. Quizás su mente estaba alterada y se encontraba atravesando por una fugaz pérdida de cordura. Me incordió mucho su afirmación y moviéndome nervioso en el sofá, dije contrariado.

—¿Una visión? ¿Qué me quiere decir? Yo lo veo, lo escucho, lo puedo tocar, lo puedo oler, lo puedo hasta asesinar, y nadie puede asesinar lo que no existe.

—Se puede, camarada, claro que se puede. Yo soy un sueño, soy producto de la arbitraria imaginación de un durmiente. Todos aquí lo somos, pero yo pude darme cuenta, porque sólo yo soy el producto de una fantasía, sólo yo no tengo pasado ni memoria. Usted y sus amigos son verídicos, ustedes son un recuerdo de entes de carne y hueso, reflejos de personas reales, de seres con un alma que, después de acabado el sueño, seguirán viviendo. Yo soy un invento, un ser ficticio. Es terrible, he vivido pensando, temiendo que mi creador despierte y me quite la existencia sin alma, que algún nocturno ladrido de perro lo saque de su sueño, que un sobresalto le espante el descanso, que un terremoto lo mate y en consecuencia me mate a mí.

—No puedo creer lo que me dice, es demasiado

asombroso… pero dígame, si usted es un sueño… si todos somos un sueño ¿por qué hemos vivido tanto tiempo? Yo a usted lo conozco desde siempre, ¿acaso quién nos sueña duerme eternamente?

—Un sueño, mi amigo, puede durar un minuto, pero ése es el tiempo en que se duerme, el tiempo real en la existencia del soñador, no obstante, en ese sueño puede transcurrir una vida entera si se quiere, una vida de fantasía en un minuto terrenal. El tiempo onírico es extremadamente relativo y muy diferente al que usted conoce, véalo como otra dimensión distinta, como una desconocida quinta o sexta dimensión totalmente subjetiva, que no se rige por las leyes convencionales de la física o la matemática.

—¿Pero, cómo puede saber todo eso? ¿Cómo determinó que usted es un sueño… que todos somos un sueño?

—Míreme. ¿Le parezco un hombre normal? ¿Le parece corriente mi aspecto? ¿Soy lógico? Yo no pertenezco a este lugar, amigo, soy diferente, convénzase, soy un esclavo, tengo dueño, hago lo que dice mi amo, el que me sueña. Aparezco y desaparezco de la escena sin yo quererlo, soy un personaje, un prototipo de un deseo que se ha hecho visual, el protagonista de ese libro que leía usted antes de quedarse dormido en ese sofá no tiene nada que envidiarme a mí, tanto él como yo somos imaginarios, no somos dueños de nuestro destino, pero a diferencia de él, yo dejaré de existir pronto y caeré en el más absoluto olvido, sólo seré un recuerdo efímero del soñador, en cambio, el personaje de su libro puede llegar a ser eterno. He vivido con miedo toda mi exigua vida, con el miedo de que mi dueño despierte y que me asesine al hacerlo. Cada minuto es una incertidumbre horrorosa, cada minuto la angustia de morir en cualquier momento me ahoga. Estoy desesperado, ya no puedo más, mi paz exterior siempre ha sido aparente, por dentro estoy destruido en absoluto, quebrado, sin alma y sin voluntad.

—Lo compadezco mi amigo, me encantaría poder ayudarlo, si hubiera algo en este mundo que pudiera hacer por usted, lo haría sin dudarlo, pero sospecho que tiene usted razón, no hay nada que pueda hacer, es lamentable, pero lo que me cuenta apenas lo puedo comprender… ¡Apenas lo puedo creer!

—He decidido terminar con esto—. Jonathan se puso de pie cuan largo era, traía sujeta a sus hombros una larga capa negra—. Llámelo suicidio si usted desea, pero decidí despertar a mi dueño. He logrado sugestionarlo. De alguna manera aprendí a conducir su sueño, cosas sutiles, pero suficientes para provocar en él desviaciones en la historia que va creando para mí, desviaciones que pudieran despertarlo y terminar con todo esto de una vez.

—¡Cómo!… ¿acaso puede usted intervenir en el sueño de su creador?

—Por supuesto, he hecho algunos experimentos para confirmarlo y me han dado resultado, en este preciso momento lo estoy haciendo —sacó un revólver desde uno de sus bolsillos, un revólver completamente cromado, reluciente—. Sé como despertarlo. Un hecho violento lo hará abrir los ojos, un hecho aberrante que él mismo está provocando en su cerebro sin darse cuenta. Y usted, mi amigo, será testigo.

—¿Pero qué va a hacer con esa arma? ¡Guárdela! ¿No estará pensando matarse? Por favor, no lo haga, piénselo, quizás usted esté equivocado.

—No me mataré mi amigo, no sacaría nada con darme un tiro, en este sueño yo soy inmortal —sus caninos se asomaron en su boca y los vi más bestiales que nunca, terroríficos. Apuntando sorpresivamente el arma hacia mí, añadió—: le dispararé a usted.

—¿Qué dice? ¡Por Dios! Es una broma, ¿no es cierto?

No hubo respuesta, sólo el sonido fatal de un disparo que dio de lleno en mi pecho, a la altura del corazón. Caí de rodillas al piso, agonizante y asom-, brado. Mi camisa y mis manos empapadas en sangre.

Con experta diligencia Jonathan acomodó el acero aún caliente en mi frente, el olor a polvora era asqueroso y el humo asfixiante. Con una lágrima corriendo por su mejilla dijo:

—Perdóneme. Yo no hago esto… es usted —y presionó el gatillo nuevamente.

Un reflejo me hizo darle una patada a la mesita en medio de la sala. Escuchaba a lo lejos los ecos del impacto. Me encontré sentado en el sofá, con el libro abierto en mi regazo. Mi cuerpo sudaba, la luz del sol de la tarde entraba a raudales por una ventana quemándome las pupilas. Toqué mi pecho a ciegas, apresurado, con miedo: nada había, nada de sangre ni dolor. Recorrí mi cabeza con las dos manos, y aparte de la humedad corporal todo era normal. Respiré aliviado todavía sin comprender. Me incliné hacia adelante para tomar los cigarrillos que estaban sobre la mesita, y el libro cayó al piso. No pude dejar de mirarlo, quedó abierto y con la cubierta hacia arriba: «*Drácula de Bram Stoker*», el libro que estaba leyendo cuando me dormí.

En ese momento lo entendí todo, el soñador era yo, y Jonathan lo sabía. Miré mi reloj de bolsillo y toda una vida había transcurrido en sólo treinta minutos que había dormido. Me di cuenta de que, a pesar de tener otro nombre aquí, Jonathan estaba equivocado, él era eterno en esta vida, viviría en la consciencia de la humanidad para siempre, nunca sería un recuerdo como lo sería yo algún día. A pesar de ser ficticio, él era inmortal.

Una satisfecha sonrisa se dibujó en mi seca boca. Muy relajado me eché hacia atrás en el sillón con las manos en la nuca. Siempre quise ser aviador, desde muy niño, pero el destino quiso que terminara ahogado entre libros contables, sin embargo, me reconforto cada vez que sueño que soy un gran piloto, aunque ineludiblemente siempre me derribe un avión alemán en la última gran guerra...

*Inspirado en el cuento *"La última visita del Caballero enfermo"* de Giovanni Papini.

El acuerdo*

I

Completamente solo en el desierto, con la única compañía de un cadáver. Qué sorpresa me llevé, especial manera de celebrar mi cumpleaños. El cuerpo está recostado cuán largo es sobre la arena, mirando al cielo, como disfrutando del clima. Los brazos los tiene descansando a los costados, los pies un poco separados, vestido aún con sus ropas de la época. Calza zapatos de gamuza azul, listos para una *fest* —uno de ellos sujeta y protege del viento con su peso el sombrero íntegro que ha estado ahí luchando por liberarse durante décadas—. Da la impresión de que murió feliz, o quizás tranquilo, no lo sé, es sólo una impresión. Tiene sus documentos, llaves y dinero de hace casi medio siglo, además de una invitación a un bautizo de un nieto suyo en una ciudad cercana. Pero lo que me da alguna luz de lo que pudo ocurrirle es un boleto de tren fechado con salida para el día *treintiuno* de enero del cincuenta y seis. Pasé unas líneas férreas en mi moto a unos veinte kilómetros de aquí. ¿Habrá estado cuarenta y dos años en este lugar? ¿Es posible?... Después de tanto tiempo sus ropas están intactas, ni siquiera los buitres comieron su carne; al parecer no se atreven por aquí. Se llama Juan Ribera y nació en febrero de mil ochocientos noventa y ocho en una ciudad llamada Chillán. De allí partió el tren. Sin duda Ribera se perdió en el desierto.

He estado más de una hora mirándolo, friéndome bajo este sol impiadoso. Cuando lo toqué con las puntas de mis dedos sentí algo extraño, no lo sé, algo tal vez familiar, las sensaciones aún no me abandonan, es una sutil emoción que se transporta por mis venas y provoca que difusas imágenes surquen mi cerebro, pero no logro distinguirlas. Sentado en la arena junto a él no he podido descifrarlas. Es curioso y es inexplicable, pero tengo la impresión de que conozco este inhóspito lugar; ese gran cerro de dunas frente a mí es como una postal que hubiera visto antes. No lo entiendo, pero he leído que cosas así pueden suceder, se llama inconsciente colectivo o algo parecido. Es esa sensación de ya conocer un lugar al visitarlo por primera vez. ¡Eso me está ocurriendo! ¿Qué debo hacer? ¿Comunicar el descubrimiento al *ambassadör* de mi país? ¿Enviar a las autoridades locales un anónimo con las coordenadas precisas de su posición? ¿Olvidarme del asunto y seguir mi camino? ¿Se merece él que lo abandone por medio siglo más? El caso me complica, soy extranjero en este país, ando solamente de paso y no tengo la disponibilidad de tiempo como para peregrinar en comisarías y juzgados prestando declaraciones. ¡Qué dilema! Pero no puedo dejarlo abandonado, no podría dormir tranquilo.

Ya no hace calor, ahora hay un aire fresco y realmente exquisito. Sentado aquí me siento cómodo, relajado, respiro confortable, trato de pensar en cómo actuar, pensar en tomar una decisión al respecto, pero me es difícil, me cuesta concentrarme en ello, un sopor me domina y consume mi voluntad. Y me hace parte del sosiego armónico del desierto. Estoy como drogado. Esta curiosidad poderosa no me deja hacer nada más que mirar anonadado esos huesos blanquísimos, esos huesos acariciados durante cientos de horas por el candente sol. ¡Fantástico! Son algo atrayente, algo que fascina mi intelecto, como las manos de un mago que atrapan los inocentes ojos de un niño. ¿Qué *mysterium* encierra este hombre? ¿Qué pudo llevarlo a morir así? ¿Qué es esa sensación que absorbe mi alma? Nada tengo que ver con él, es la primera vez que piso esta tierra, la primera vez que estoy en Chile y *Amerika*, la única vez que escucho un nombre como el suyo, pero algo raro está sucediendo. Ya es extraordinario haberlo encontrado. ¡Yo!, que vengo desde tan lejos. ¿Es una coincidencia? Hasta ahora nada me explicaba ese impulso incontenible que me acosó allá en mi *Sverige* natal de viajar a este lugar ¿Será estúpido pensar que hay alguna relación? ¿Sería estúpido creer en toda esa palabrería sobre el destino?... Qué cosas estoy pensando. Esto no es más que una coincidencia. Pero, por qué siento que la situación encaja. ¡Qué estupidez! ¿Estaré intoxicado realmente, que medito en ideas tan absurdas?... Recuerdo ese inexplicable e impetuoso presentimiento que me ordenó viajar a Chile, a conocer el desierto, ese presentimiento que, inclusive, me dio bríos para estudiar el *spanska*. Descubrí en mí, aptitudes dormidas y latentes para esa lengua, un talento desconocido a mi edad, que me sorprendió gratamente. ¿Y la idea cerrada de venir solo? ¿Por qué lo hice? No lo sé, pero no dejé que ni Ulrika, mi mujer, me acompañara.

Siento a Juan Ribera con una lástima sobrecogedora, con mucho pesar. Un nudo amargo atraviesa mi garganta y produce este aguacero inevitable en mis ojos; pero no quiero llorar, sería ridículo hacerlo. ¿Debo llorar por un desconocido que murió hace cuarenta y dos años? ¡Claro que no! Sin embargo, siento un cariño desconocido por él. Es como si estar junto a su cuerpo fuera una misión encomendada por un ser superior, un ser extraordinario que supiera de antemano que sólo yo debía descubrir sus restos y su secreto... Lo siento cerca, su espíritu, él era un hombre triste, percibo su melancolía en su halo y me la contagia sutilmente, provocando que las lágrimas se desboquen desconsoladas por mi rostro helando mi piel con el aire frío de este crepúsculo. Mi pelo revolotea desordenado sobre mi cara, el silencioso cantar del viento me hunde en un sopor delicioso, la tibieza del sol moribundo me acuna sobre la arena y mis deseos sólo son quedarme en esta posición, sentado, mirándolo sobre el dorado mar sin término.

Un mareo me hace sentir el centro de un todo que gira a mi alrededor, siento que soy una estrella solitaria en el espacio eterno, me veo rodeado de la nada, soy el único ser en el universo, un hombre con atributos de astro arrancado de la abstracta pluma de Borges o del magistral ojo de Bergman. A duras penas enciendo un cigarro que me quema la garganta como si el humo que inhalo fuera fuego puro. Ya nada es igual, algo místico me está sucediendo, y el sueño me atrapa inexorablemente...

II

Don Juan Ribera no podía concentrarse en su libro de gastada cubierta negra, el único libro —recuerdo de su padre— que leía y releía en los escasos viajes que había aventurado en su vida; no sabía quién era Jack London, pero sabía que con él, un viaje de muchas horas se diluía sin notarlo. Pero esta vez, el libro no pudo entusiasmarlo. El desierto avanzaba lentamente al otro lado de la ventanilla del vagón; el cielo limpio y celeste de ese infernal verano del cincuenta y seis lo atraía como un torbellino. Nunca había visto tanta hermosura junta, ni tanta soledad abrumadora. Estaba absorto en sus dolorosos pensamientos. Los ruidos metálicos del avance del convoy no los oía, tampoco las conversaciones de los demás pasajeros. Ni un solo árbol, no hay hierba, no hay piedras, ningún contraste, todo plano, todo dunas, todo amarillo y azul, un paisaje hipnótico y vacío, concordante con su estado anímico. Cerró el libro y se puso de pie para sacar del altillo una pequeña maleta de mimbre donde guardaba su almuerzo: un pan con jamón y queso, dos huevos cocidos y un poco de vino tinto.

Ya sentado de nuevo frente a esa gorda y, por fortuna, muda mujer vestida de negro, se dispuso a comer sus alimentos, el *cocaví* como lo llaman los quechuas de la zona, era lo único que sabía del Desierto de Atacama. No tenía hambre, sólo comía porque era la hora de hacerlo y todos comían. Masticó lentamente cada bocado, ensimismado, pensando en su hija mayor, Juana, que hacía tiempo no veía.

Ya eran dos días de viaje y le faltaban dos más para reencontrarse con Juana y el hijo recién nacido de ella: su primer nieto. Su familia lo había abandonado hacía unos años y ahora estaba feliz de poder volver a verlos, a pesar de que no podía contener un sentimiento de vergüenza que lo acongojaba. Estaba mal, una depresión tormentosa lo hundía cada vez más, y ese viaje se le hacía eterno. No estaba conforme con su vida, no podía estarlo, y ahora, cuando había tomado la decisión de cambiarla, recibió su sentencia. Días antes de su partida supo que padecía un mal incurable, supo que no le quedaba más que un suspiro de vida, y a sus cincuenta y ocho años no se sentía preparado para morir. No se sentía conforme con nada, sus hijos eran su orgullo, eran su amor, pero no pudo estar con ellos el tiempo que hubiera deseado por las veleidades del destino, que más que nada fueron encausadas por él mismo.

En algunos tramos del viaje, el tren rodaba tan lento sobre los rieles que los pasajeros se bajaban a estirar las piernas, y así fue que, aprovechando el ocaso fresco de ese instante, la gente se bajó a caminar junto a la máquina. Él buscó su sombrero y descendió también, necesitaba respirar, necesitaba salir de ahí, aunque fuera por unos minutos.

Con el viento templado acariciando su rostro moreno y con su semblante derrumbado por completo, arrastrando los pies como si le pesaran, seguía al humilde carro de tercera clase. Entre todas esas personas él parecía un alma en pena, un fantasma estático rodeado de un gentío de espíritus alegres y en movimiento constante. Hombres y mujeres conversaban amenamente. Los más jóvenes reían, los niños jugaban y gritaban alborozados, revolcándose en la tibia arena, corriendo sobre las dunas y disparándose con armas invisibles. Juan no los oía, tampoco los veía, no percibía nada más que sus meditaciones y ruegos silenciosos. La rabia destruía sus entrañas, la impotencia se apoderaba de sus pensamientos, se sentía condenado sin razón, hasta se arrepentía de ese viaje, veía titánica la tarea de guardar su infausto secreto ante sus hijos. Nada podía hacer, ni siquiera tenía tiempo de confiarse a Dios, porque no quería una vida eterna y espiritual, él quería una vida terrenal de carne y hueso, él quería estar con sus hijos, tocarlos, besarlos y compensarlos por su ausencia de tantos años, y ese deseo se le negaba injustamente.

Cuando el sol se hundió completamente en el infinito y ocre oleaje que bañaba sus pies de bronce, notó su caminata solitaria, era el único pasajero que aún estaba fuera de la locomotora. Subió lentamente, sin ganas, moviendo las piernas por inercia, y buscó su sitio. Ya no estaba la gorda mujer frente a su asiento, en su lugar había un hombre que parecía fugado del vagón de primera clase. Lo saludó con cortesía sacándose su sombrero y se acurrucó junto a la ventanilla a mirar los últimos vestigios anaranjados de luz en el horizonte. Seguía inmerso en sus lamentaciones y así pasaron algunas horas, dos o tres, y Juan las percibió como si fueran el mismo exacto instante en el que se sentó, el huracán que tenía en la cabeza no abandonaba sus sentidos, estaba de lleno sumido en un mundo íntimo, un mundo desgraciado y triste creado por él, un mundo donde no cabía la justicia. La angustia se le hizo insoportable. Afligido, con la cabeza pegada al vidrio, lloró en silencio, oculto de las miradas y del pasajero que tenía en frente dormitando sentado. Mordiendo su sombrero desahogó su ser durante largos minutos desconsolados, hasta que a través de su mirada nublada, pudo ver una mano que le alcanzaba algo blanco, se enjugó los ojos con los puños y pudo comprobar que era su acompañante que había despertado. "Tome" dijo éste insistiendo con el brazo extendido. Se sintió bruscamente interrumpido, pero a la vez abochornado por su público llanto de niño; "gracias" le respondió mirándolo de soslayo. Aceptó el pañuelo.

El hombre en frente suyo lo observó con compasión, su mirada era la de un intelectual, parecía alguien de un linaje muy superior como para ir en ese vagón de tercera clase, el corte y la tela de su traje oscuro eran impecables, aunque un poco anticuados, de una línea clásica quizás, al igual que sus zapatos. Su piel blanca y su pelo y ojos claros le daban un aspecto foráneo, tal vez extranjero, y lo pudo confirmar Juan, cuando el desconocido, con un sutil acento exótico, le habló conciliadoramente:

—Las penas del alma son íntimas, pero, con su permiso, mi querido amigo, quisiera decirle que en esta vida absolutamente todo tiene una solución…

Juan lo miró con fuego en sus ojos irritados, no dijo nada, enojado por la intromisión. El extraño pareció no advertir su malestar y continuó hablando amablemente.

—No se aflija, amigo mío, es malo para el espíritu guardarse las cosas, mucho mejor es hablarlas, sacarlas de adentro, eso hace bien. Quizás yo pueda ayudarle en su pesar.

La respuesta de Juan fue cortante, pero cortés, sospechando la alta alcurnia del extraño, pretendía detener ese diálogo incómodo al instante.

—Mi pesar es mío, por favor, le pido con toda humildad y sin ánimo de faltarle el respeto, no se meta en mis asuntos, además, mi problema no tiene solución.

Los ojos del desconocido se alumbraron al obtener una respuesta e insistió.

—¿Qué seguridad tiene de ello? Inténtelo, cuénteme lo que le pasa, tengo experiencia en este tipo de lides. No persigo ningún afán morboso ni de lucro, sé que puedo ayudarle, tengo los conocimientos y recursos necesarios. No se arrepentirá, se lo aseguro.

—Por favor, no quiero hablar, prefiero estar solo, respete mi dolor— replicó de inmediato, acomodándose en su sillón para mirar por la ventanilla la *camanchaca* cayendo lentamente sobre el desierto en penumbras y envolviendo con su neblina cada espacio.

Su interlocutor, con aire tranquilo, cruzó las piernas, al tiempo que cogía un libro marrón oscuro que estaba a su lado, la portada tenía impreso en letras doradas el título "El Vagabundo de las Estrellas" de Jack London, y al abrirlo, sin levantar la vista, dijo:

—Como desee, mi querido Juan, si usted lo estima así, no insistiré más.

—¿Cómo sabe mi nombre? —preguntó éste sorprendido, volteando violentamente y por reflejo el rostro hacia él.

El forastero, elevando su mirada de hipnótico y profundo azul para clavarla en la de su acompañante, respondió muy seguro de lo que decía:

—Sé su nombre y sé qué lo aflige. Conozco su vida como conozco la solución a su pesar. Sé muchas cosas de usted, Juan. Tengo el conocimiento; ya se lo dije.

Ribera se sorprendió aún más. Acalorado y levantando la voz, le impugnó:

—¿Acaso me está tomando el pelo? ¡Discúlpeme!, pero no estoy de ánimo para entretener a un *futre* arrogante. Haga el favor de dejarme tranquilo o me obligará a ser realmente grosero con usted.

—No se altere, mi amigo, yo sólo quiero ayudarle, conozco el cáncer que lo apesadumbra, si usted me da una oportunidad podría remediarlo —arguyó el extraño sin cambiar su flemático timbre. Su serenidad era inquietante.

—¿Cómo sabe todas esas cosas? ¿Quién es usted? ¿Estuvo registrando mis pertenencias? Voy a llamar al revisor —le advirtió con ira y del arrebato casi se levanta de su asiento.

El elegante individuo cerró el libro, miró con severidad a su acompañante y luego dijo:

—Cálmese por favor, se lo ruego, no perdamos la compostura. Usted no va a llamar a nadie, no antes de escuchar lo que le ofrezco —y haciendo una delicada verónica con su brazo izquierdo, agregó—: Mire a su alrededor, están todos durmiendo, y si tiene la amabilidad de observar detrás de su asiento, podrá ver al revisor de pie, pero también entregado a los caprichos del deseado Morfeo.

Juan miró disimuladamente, apenas moviendo su cabeza. En efecto, todos los pasajeros dormían, y al parecer, el revisor también. Temeroso de despertarlos con sus gritos o con un escándalo mayor, accedió a escuchar dejando escapar un cansado suspiro de desaliento.

—¡Ya! ¡Hable de una buena vez y después se larga de aquí! Hay una gran cantidad de asientos desocupados en el vagón. Si usted no se va, me voy yo. Quiero estar solo.

El rostro del desconocido reflejaba el dominio total de la situación. Sus facciones eran perfectamente simétricas y dueñas de un atractivo poderoso. Dijo con una voz honda y modulada, irresistiblemente envolvente a los oídos de su interlocutor.

—Perfecto —y agregó una frase que a Juan le pareció sin sentido—. «…Y quiera Dios negarte la paz para darte la gloria»… ¿Conoce usted a Unamuno, mi estimado amigo?

—No —respondió Juan, secamente, indignado.

—¿Cree usted en Dios?

—¿No se supone que lo sabe todo de mí? —Fue su inicial e irónica respuesta en forma de pregunta, luego continuó—: sí, sí creo en Dios. ¿Es eso todo lo importante que tenía que decirme?

—Por supuesto que no, mi estimado. No se impaciente —esbozando una maliciosa sonrisa después de mirar la hora en un reloj de oro que colgaba de su bolsillo, prosiguió—. ¿Me creería si le digo que yo soy el Diablo?

Los ojos de Juan se abrieron sorprendidos, parecía una macabra broma lo que escuchaba, pero no fue capaz de impugnarla, estrujando su sombrero entre los dedos miró temeroso a su alrededor, buscando a alguien que hubiese oído lo mismo que él. La gente dormía, pero algo raro había en ellas, no lo había notado hasta ese preciso instante, no tenían una posición de descanso, parecía que todos habían cerrado los ojos de forma sincronizada en un momento determinado, como si el sueño los hubiera alcanzado en el lugar en el que estaban, incluso, a algunos de pie. Notó además el silencio sepulcral que había. El tren no emitía ruido alguno, prácticamente volaba sobre los rieles, parecía detenido. Sin embargo, a causa de la espesa niebla de afuera, no se podía ver a través de la ventanilla para comprobarlo. Contrariando sus deseos, la duda se había instalado en sus pensamientos. No tuvo otra reacción ante lo que decía ese misterioso hombre, su respuesta no fue más que un silencio perplejo y total. Se quedó mudo de la impresión y quieto por un miedo latente que luchaba por expresarse.

Como si hubiera leído sus pensamientos o anticipado exactamente su reacción, el extraño, dejándose caer relajadamente en el respaldo de su sillón, dijo:

—Excelente, me alegra que no sea usted un incrédulo, aunque no soy precisamente *él* en persona. No, de ninguna manera, mi señor no hace estos trámites tan insignificantes, yo sólo soy su representante plenipotenciario. Mi nombre es Valefar, y estoy a su servicio, mi querido Juan —hizo una reverencia presuntuosa.

Luego, callado y circunspecto, hizo tronar los huesos de sus dedos como lo hacen muchos pianistas antes de ejecutar una obra. Introdujo su mano derecha en el interior de su negro saco y sacó un estuche de oro con cigarros gruesos de color café. Encendió uno, y como olvidando algo, mirando a Juan, le ofreció de la petaca.

—Sé que no fuma, mi querido amigo, pero no quiero que piense que soy descortés —Ribera negó con la cabeza casi por inercia, aún turbado por completo. Valefar guardó el estuche entonces, aspiró muy hondo el humo abundante que emanaba de su cigarrillo—. Escúcheme bien Juan; antes que nada mi presencia aquí es un privilegio para usted, entiéndase entonces (contrariamente a lo que piensa), una persona muy afortunada, yo no visito a cualquiera, usted es uno en millones. Conozco su caso perfectamente; resumiéndolo todo en certeras y breves palabras, y permítame aquí ser lacónico, sé que pronto tiene que partir de esta... llamémosle *existencia lamentable* y que usted no quiere dejarla. Sé también que no le interesa la otra vida que le prometen desde allá arriba, que presuntuosamente ellos llaman *inmortalidad espiritual*. Por lo que le haré esta oferta una única vez, ya que mi tiempo es limitado y precioso: ¿le interesaría un intercambio?

Juan, inmóvil, sin poder mirar a los ojos a ese hombre, se quedó pensativo, sin darle crédito a lo que escuchaba. ¿Estaba hablando con el Diablo? Debería estar aterrado entonces, pero no era lo que sentía, lo que inundaba su ser era una secreta alegría, aunque dubitativa, por la potencial salvación que veía en frente suyo, y susurrando, trémulo, preguntó:

—¿Qué clase de intercambio?

—Espero ser lo suficientemente claro, ya le dije, mi estimado amigo que la oferta la hacía sólo una vez, pero tratándose de su evidente ignorancia en estos menesteres, se la aclararé —respiró profundo, dio una bocanada eterna a su enorme cigarro rubio, y agregó:

—Le ofrezco la vida terrenal, la cura a su enfermedad, si usted quiere vivir hasta los cien años, se lo concederé, y a cambio usted me cede su inmortalidad. Si lo acepta, el trato queda cerrado en este instante, si lo deja, me iré, y como una compensación por la intromisión le diré el día exacto de su fenecimiento, que para serle sincero, es en menos tiempo del que usted se imagina.

Juan, visiblemente nervioso, frotaba de manera inconsciente sus manos húmedas y temblorosas, gesto que acentuaba la desesperación y ansiedad en su semblante. Su respiración y pulso se aceleraron de golpe, las gotas de sudor perlaron brillosas su frente, y buscando arrestos de valor en su interior, evitando en el intertanto que la sonrisa de espontáneo regocijo que peleaba por adueñarse de su rostro se notara, dijo:

—Necesito una prueba antes, necesito saber que lo que dice usted es verdad, que usted tiene ese poder y no me está engañando.

El supuesto mensajero de Satanás asintió con la cabeza, y le contestó:

—Muy bien, me parece una petición razonable, y muy inteligente por lo demás. Cierre los ojos su merced.

Hizo lo que le pedía Valefar, y de inmediato sintió un aire frío que le recorrió la piel.

—Ahora ábralos —dijo la voz afable de su interlocutor.

Obedeció nuevamente, y se encontró de pie sobre la arena del desierto. La luna llena lo alumbraba todo, haciendo brillar la densa niebla. Observó a su alrededor y no halló el tren, tampoco los rieles, en su entorno sólo habían noctámbulas dunas plateadas. Frente suyo estaba el demonio, él sobrepasaba el metro ochenta de estatura y su acompañante estaba lejos por arriba de esa marca.

—Entonces. ¿Acepta el acuerdo, mi bienaventurado amigo? —Preguntó Valefar, aún fumando y con un sesgo de ironía en sus palabras, que sabía era imposible que su acompañante notara.

—Acepto el acuerdo —respondió Juan después de unos segundos, decidido al fin, excitado, meditando apenas un efímero instante el asunto, pensando en sus hijos y el precioso tiempo que tendría con ellos.

Valefar, sonriente y complacido con la respuesta, extrajo un pergamino de entre sus ropas, y con un dedal puntiagudo de metal plateado, le hizo una diminuta incisión a Ribera en el índice de su mano izquierda. Le entregó el papel y le dijo:

—Por favor, lea cuidadosamente el contrato y firme con su sangre al finalizar.

Ansioso y alterado por la embriaguez de su alegría contenida, Juan no lo leyó, sólo le dio una mirada fugaz y preguntó:

—Son cien años. ¿Cierto? —a lo que Valefar asintió con la mirada. Después estampó su huella digital roja en el amarillento papel. Se lo devolvió al mensajero, y éste lo firmó con sangre también.

—¿No es un placer hacer tratos con nosotros, socio? —Comentó sonriente el demonio y le extendió la mano para estrechar la de él, y agregó sarcástico:

— ¡Es tan mala la fama que nos atribuyen injustamente!

Juan, cambiando su sombrero de mano, y estrechando la enorme y pálida de Valefar, correspondió al comentario con otra sonrisa, ésta nerviosa, y dijo:

—Son muchas las injusticias en este mundo tan miserable, caballero.

—Llámeme Valefar por favor, soy su amigo… Por lo demás, es muy acertado su comentario; me sorprende gratamente. En todo caso, como usted ha comprobado, ante esas injusticias siempre se puede contar con mi señor para enmendarlas. ¿No le parece?

Juan rió alegremente, mucho más tranquilo, y afirmó tres veces con la cabeza. Después de dar una mirada descuidada a su entorno, preguntó.

—¿Y ahora qué sucederá…?

Valefar, guardó parsimonioso el pergamino en su saco, provocando un suspenso asfixiante en la curiosidad de Juan, y respondió:

—Ahora ejecútese el acuerdo —y se desvaneció dejando a Ribera solo en la desoladora pampa. Éste, perplejo y asustado, gritó y llamó impulsivamente a Valefar, corriendo en distintas direcciones, como un desquiciado, creyéndolo ver en la penumbra de la brillante niebla ya menos espesa, hasta que sintió seca y adolorida su garganta por el esfuerzo. Todo fue infructuoso, Valefar nunca más volvió a aparecer. Ya resignado de su soledad, estático como un árido y anciano *tamarugo* abandonado en una quebrada, pensó unos instantes en su suerte, su mano derecha sostenía el sombrero, que entre sus dedos se ajaba con la fuerza impetuosa de su rabia. Angustiado, miró a su alrededor de nuevo, buscó alguna referencia, la línea del tren, la última estación que pasaron, las formas de los cerros a lo lejos, alguna luz en el horizonte difuso que pudiera darle una esperanza, pero las únicas luces en ese lugar perdido eran las de los astros. Podía estar en cualquier parte, sólo la luna le daba alguna referencia de los puntos cardinales, pero los rieles del ferrocarril podían estar tanto al Oeste como al Este de su posición, no había manera de tomar una decisión inteligente al respecto, por lo que confiarse a la suerte era su única opción.

Eligió el Oeste, si por allá no estaban los rieles, aún le quedaba la posibilidad de seguir caminando hacia la costa, hacia donde estaba la civilización, quizás en el trayecto encontraría un pueblo, una aldea, o un camino, quizás se cruzara con un pampino viajero o un indio peregrino. Desde la línea férrea debían ser unos setenta kilómetros hasta el Pacífico —pensó—, por el lado contrario, hacia el Este, sólo llegaría a la gélida Cordillera de los Andes, que aunque no la veía por la niebla, sabía que ahí estaba imponente.

Comenzó su incierta marcha sin mayor entusiasmo, siempre pensando en que tal vez era la ruta equivocada. Hacía mucho frío y la única forma de repelerlo, aunque fuera un poco, era caminando sin parar.

Vestía apenas un pantalón de lino gris y un saco del mismo color sobre una delgada camisa blanca. Sus zapatos, especialmente adquiridos para la fiesta de bautizo de su nieto, se hundían fácilmente en la arena, aún levemente tibia, por lo que prefirió sacárselos y llevarlos en la mano para que sus pies se regocijaran con la agradable suavidad de la arena.

Caminó durante muchas horas, cuatro, cinco, seis, no lo notó. Llegado el momento, comenzó a sentirse muy relajado, no era sueño ni cansancio, era una modorra agradable, como esa sensación después de beberse dos botellas de vino, pero sin el hastío en el estómago ni la pesadez en la vejiga. Se habló en voz alta para espantar su trance, pensó en el nieto que iba a conocer, pensó en sus hijos que ya eran mayores y el tiempo que no estuvo con ellos. Pensó en la fugaz traición que había cometido hacía años, producto de la cual había nacido su cuarto hijo, el *gatillante* del abandono que sufría. Acongojado lloró, se le partía el alma de la rabia, su pesar se le hizo intolerable a cada paso que daba.

En un momento, el dolor y la amargura en su pecho fueron tan intensos como la somnolencia que lo obligó a sentarse. Se dejó caer, de forma torpe, como un borracho intoxicado. Fatigado, con mucha dificultad pudo calzarse los zapatos sin lograr amarrar los cordones. Sabía que ya no había salida, sabía que pronto iba a morir. Sintió el miedo lógico a la muerte, el miedo a lo desconocido, a lo que vendría después de que el negro crespón lo cubriera. "¡Ven a buscarme, que te estoy esperando como un hombre!" gritó al viento con su voz exhausta. Como si fuera una respuesta, una ráfaga de aire levantó la arena que se le fue encima cegándolo y tirándolo de espaldas, quedando recostado sobre el suelo. El sombrero se le fue de las manos, volando alocadamente en medio de un remolino de aire y polvo, pero ya no pudo erguirse para asirlo, apenas pudo levantar una pierna y poner el pie sobre él afirmándolo para que no se lo llevara la noche. "¡Mi sombrero no! ¡No te voy a dar nada, mierda!" aulló furioso. Miró las estrellas, mareado y confortablemente insensible, eran millones y millones, y la mancha blanca que formaban le parecía un gran péndulo que lo hipnotizaba. Las miró por largo rato, durmiéndose poco a poco.

Dentro de su sopor, pudo al fin sentirse aliviado después de tantos años de soledad, el descanso llegaba... Pensó y recordó nuevamente a sus cuatro hijos. Cada uno ocupó su ser por unos segundos eternos. Los ojos se cerraban y su respiración se hacía lenta y profunda, el pecho le pesaba una enormidad. Entró en el sueño, sonriente a pesar de todo, ya sin miedo, ya sin odio, ya sin remordimientos, y se durmió. Juan, a la mañana siguiente no despertó…

III

¿Qué es lo que llega a mi cerebro y me hace ver aquellas imágenes? El sueño se marcha, me deja despierto y espantado, y quedo abandonado en la absoluta noche pampina, al igual que le ocurrió al pobre Juan. El frío es tremendo, tan atroz como el crudo invierno de mi querida *Stockholm*. Pero este frío no mató a Ribera, a él lo mató su cáncer linfático esa misma noche en que cumplía cincuenta y ocho años. Mi alma me lo dice, siento su historia en el corazón, Juan me la relata con sensaciones reales, y los reflejos de sus blancos huesos que relucen bajo los rayos de la luna me lo confirman. Lo siento vivo, cerca de mí. Su espíritu me ronda. Me pregunto si después de cuatro décadas tendrá familiares que lo recuerden.

Juan no tenía salida, sé donde estoy, el punto preciso donde cayó él, la ruta que seguía no lo llevaba a ninguna parte, lo internaba más aún en el desierto. Pobre hombre; qué terrible situación. Ahora siento mayor lástima por él, que triste y desesperada su tragedia, pero, por qué me la cuenta a mí ¿Qué tengo yo que ver con él? ¿Cuál es el misterioso mérito que me da derecho a conocer su historia? ¿Es sólo coincidencia o hay algo que me une a él?

Miro alrededor y no hallo nada, a mis espaldas siento un murmullo pero nada hay. La niebla comienza a despejarse sobre el desierto, es fabuloso el espectáculo, como si esa bruma tuviera voluntad propia.

—¡Juan!, ¡Juan! ¿qué quieres de mí?... ¿qué quieres que haga por ti?

No hay respuesta a mis clamores, sólo el silbido tétrico del viento. El frío ya no es tan extremo, al parecer con la niebla se retira. Debiera marcharme también, esto me asusta demasiado, el diablo tiene metida su cola en el asunto, sin embargo, algo me dice que mi misión no está concluida, que no se trata de denunciar el descubrimiento de sus restos y darles cristiana sepultura, tampoco se trata de escuchar y compartir su desgracia, ni de buscar a su familia y relatarle lo que se me ha revelado. No, hay algo más que no logro vislumbrar. No puedo dar con ello, no puedo pensar…

Al ponerme lentamente de pie siento un sutil mareo, al parecer a causa de las tres horas que dormí sentado. Un mareo que crece poco a poco y me desestabiliza hasta casi hacerme caer, no obstante me mantengo erguido, pero me es difícil hacer algo más, ni siquiera puedo pensar en el enigma que me envuelve. Quizás lo mejor sea irme de aquí y regresar después, es lo más cuerdo. El vértigo es constante, estoy mal, estoy asustado, me pesa en el corazón una incertidumbre terrible, alucino, veo cosas, veo formas volando a mi alrededor, fantasmas. El mareo se hace absorbente, se hace un torbellino que me tira, me distrae de todo, que me saca de mi cuerpo como una pesadilla demasiado real. Imágenes de la ciudad de Chillán flotan a mi alrededor, árboles, casas, calles, veo personas, un hermano llamado Mario, un padre llamado Ernesto, una esposa llamada Julia, veo una casa en Valparaíso, veo cuatro hijos queridos, un vil engaño y un abandono cruel en venganza, distingo una carta, un nieto recién nacido, un boleto en el tren longitudinal y una gran tristeza en el alma ¿Qué es esto? ¿Qué me está sucediendo? ¿Qué son esas imágenes? ¡No las conozco! ¡No conozco a esa gente! ¡Ésa... Ésa es la familia de Juan! ¡No son mi gente! ¡No son mis recuerdos! ¡Yo vivo en Sverige, en Suecia! ¡Mi nombre es Johann Flodstrand, nacido el dos de febrero de mil novecientos cincuenta y seis en *Stockholm*, nada tengo que ver con esta tierra ni con Juan Ribera Ramis!

Trato de caminar, no sé hacia dónde, desestabilizado y ciego, sin ningún equilibrio ni rumbo, sólo veo las imágenes ante mí. Torpemente tropiezo y caigo al suelo, y mi rostro queda a centímetros de la blanca calavera del muerto... El espanto me paraliza el corazón, no el espanto de los huesos, sino el espanto de la verdad ¡Al verlo, la luz se hace en mi alma y entiendo! Levantándome comienzo a entender. El dos de febrero es el día que desapareció Juan, ¡el mismo exacto día de mi nacimiento! ¡Sí! *¡Gode gud!* No puede ser. ¡Qué está pasando! *¡Jävlar!* ¡Mierda! ¡Johann Flodstrand y Juan Ribera son lo mismo! ¡Se traducen igual! ¡Son nombres equivalentes! ¡Cómo no lo noté antes! ¡Dios mío! Y mi cumpleaños es hoy, precisamente hoy ¡Tenía que ser hoy! *Idag* cumplo los malditos cuarenta y dos *¡Idag!* ¡Hoy! ¡No! Por Dios, Dios, mil veces Dios… Él sabe que no son cuarenta y dos, Dios, Dios, *Gud*, ¡Ayúdame! Perdóname, no me des la espalda y perdona mi traición. ¡Son cien años! ¡Cien! ¡Cien! *¡Hundra!* Hoy es mi cumpleaños número cien. ¡Sí! El desierto y la noche son testigos, nací en mil ochocientos noventa y ocho. ¡Sí! Juan está vivo ¡Juan Ribera soy yo! Y he vivido un siglo, cien malditos años, una amarga y miserable centuria, ese fue el acuerdo, yo firmé el contrato, ahora lo recuerdo como si hubiera ocurrido ayer. ¡El maldito acuerdo! Lo firmé con mi propia sangre. El demonio no me engañó, yo mismo lo hice, yo me engañé. *Jag lurade mig.* Todo calza, ahora todo está claro, no hay dudas ¡Estoy perdido! ¡Condenado! ¡Desahuciado! El nombre de

Juan Ribera me condenó a purgar en el Infierno para el resto de la eternidad.

Me dejo caer sobre la arena... Caigo como un soldado herido mortalmente en la batalla. Sentado, aterrado y desesperado, saco un cigarrillo y al encenderlo y quemarme la garganta con el humo inhalado, me doy cuenta de que yo no fumo, que nunca lo he hecho Y lloro pensando en el recuerdo de mi hija Juana y el nieto que nunca conocí, los rememoro ahora... ahora que en la noche veo a lo lejos acercarse entre tinieblas al sonriente Valefar, intacto y tan elegante como en febrero del cincuenta y seis...

*Dedicado a mi bisabuelo JULIO RIQUELME RAMIREZ (1898-1956); Desaparecido desde un tren en el desierto de Atacama durante 43 años. Sus restos fueron hallados por un excursionista extranjero en enero de 1999.

Zombi

Había oído rumores de que lo vieron rondando por los alrededores, pero encontré tan tenebroso lo que decían que no lo creí. ¡Yo estuve en su funeral la semana pasada! ¡Blasfemias! ¡Yo vi el cadáver, tan tieso como un cuerno de cabra! Pero ahora creo, porque está llamando a mi puerta. Andaba yo afuera, en el pozo común llenando unos cántaros con agua, cuando lo vi venir. Me costó reconocerlo, está famélico y muy pálido, y tiene los ojos hundidos en una cara que cuesta mirar sin asombrarse. Asustado disimulé y regresé a casa. Rápidamente crucé el travesaño en la puerta y cuando ya aliviado encendía un par de velas, oí los golpes en la entrada. Sentí una punzada en el pecho que aún me duele; estoy muerto de miedo. ¿Qué desea de mí? Yo le debo algún dinero, pero… ¿Será que este judío es tan avaro que hasta después de muerto viene a cobrarme?

Después de un rato persisten los toques, aunque no

he mirado sé que es él. Me quedaría en silencio esperando a que se vaya, pero ¿y si no ocurre? Ya cae la noche y no quiero ni pensar permanecer en la penumbra con esa... ¿Infamia? Me enteré que hace un par de días fue ese siniestro hechicero a visitar su tumba, el de la secta que todos comentan, y algún pacto diabólico habrían hecho que ahora es un muerto caminante...

Es la hora del crepúsculo y tengo que abrir la puerta. Hay una daga que escondo bajo mi manto —por si hace falta—, respiro profundo y le ruego valor a Dios. Agitado levanto el madero y abro.

Aparece bajo el umbral, se ve espantoso y su *kali* sucio huele a putrefacción y orina. Se me queda mirando con expresión ausente y no sé qué hacer. ¿Los muertos hablan? Se balancea como borracho y de su boca caen asquerosos goterones de babas. Nervioso busco las palabras correctas, pero están insoslayablemente perdidas. El silencio es quemante y, asustado y urgido, exclamo lo primero que se me viene a la cabeza.

—¡Lázaro, amigo! Supe que falleciste... ¿Cómo está la familia?

Pythion Regius

Si cada mañana el condenado chucho lo despertara a ladridos sabría lo que es bueno. Ofidia un buen día se cansó y se lo zampó, fue lo lógico. Además no era mascota para un hombre.

Claudia tenía su serpiente de casi dos metros y su marido un maltés, si, hasta se veía raro. Pero la verdad es que a él nunca le gustó Ofidia. Que se haya comido a su maldito perro era una buena excusa para intentar deshacerse de ella.

En tres años de matrimonio no hubo un día en que no le reprochara lo peligrosa, cara o repugnante que era la pitón.

Finalmente el hombre se marchó. Instarle a que eligiera entre él y la serpiente no fue buena idea. A Ofidia la tenía desde niña, desde mucho antes de conocerlo a él, habían vivido muchas cosas juntas, hasta dormían juntas, —eso cuando se podía—.

Ya volverá, se decía, si realmente la amaba tenía que aceptarla con serpiente y todo.

Y Ahora parecía que el animal se había enfermado. ¿El maldito perro la habría indigestado? ¿O echaría de menos al hacedor de reproches? Quién supiera, pero ya llevaba tres semanas sin probar bocado, andaba realmente extraña. Un día, al despertar, se la encontró a su lado, tiesa como un leño seco. ¡Y el veterinario de vacaciones!

Al poco tiempo la entendió; sucedía que al encontrarse solas, su mascota cambió de hábitos, ya no le apetecieron más los ratones y los perros. Si no comía era porque guardaba hambre para el plato fuerte.

Esa mañana que se la encontró tiesa a su lado fue porque estaba midiendo a su presa, así son las serpientes. Todo lo comprendió la madrugada que la pitón intentaba asfixiarla en su cama y, atrapada entre los poderosos músculos de la constrictora, pretendía a oscuras marcar el número de su marido. Ya sentía las mandíbulas del reptil en la coronilla de su cabeza, pero a Claudia sólo le preocupaba lo qué le iba a decir a su esposo, porque seguramente él aprovecharía la ocasión para intentar otra vez sacar a Ofidia de la casa, y a su regalona nadie la tocaba, aunque la pobrecita se con-

fundiera con su cena: a cualquiera le podría ocurrir
¿no?

Azul*

Harry se levantó desganado esa mañana, tal y como le venía sucediendo desde hacía treinta y siete años. No obstante, se sintió preparado para terminar los planes especiales que tenía para esa jornada.

Entró en su práctica ducha térmica de agua y aire comprimidos de un minuto y salió más despierto y animado, aunque la lentitud de sus movimientos ya era algo inevitable. Al volver a su amplio dormitorio, pasó desnudo frente al espejo del baño, el único de su departamento. Evitó mirarse. Presionó un botón en la cabecera de la cama y las cortinas del ventanal se abrieron; de inmediato el vidrio se enroscó dejando ver sin obstáculos la ciudad. Fue aparente el limpio panorama. Cuando se asomó confirmó el espeso *smog* de siempre que cubría de un gris tenebroso las gigantescas construcciones. Parecía un atardecer en pleno invierno, pero el reloj marcaba recién las siete de la mañana de un caluroso día de verano. La hermosa y ahora nociva luz del sol permanecía latente sobre aquella capa de humo envenenado; como una contradicción aberrante la polución protegía en cierta medida a la ciudad de los rayos ultravioleta. Melancólico recordó los tiempos en que se podía ver el cielo en toda plenitud en el desértico clima de su niñez, donde ni siquiera había nubes que impidieran el resplandor de ese azul que ya no existía. Ahora sólo quedaban las imágenes y hologramas que jamás serían capaces de repetir las reales sensaciones que él había experimentado alguna vez. Eso definitivamente se había extinguido.

Escuchando a Bach, su compositor clásico predilecto, se vistió con la escasa destreza que su cúmulo de años le permitía. Después, ya ataviado con sus prendas de látex, se encaminó hacia la puerta del ascensor en la misma habitación. A una orden de su voz, el elevador comenzó a bajar veloz los doscientos pisos del rascacielos, entre tanto se acomodó unos grandes anteojos que se adhirieron a su piel como ventosas, en cuyos lentes se activaba una pantalla. Arrastrando el anular de la mano derecha por una zona demarcada sobre su pantalón seleccionó en el cristal el *enlace* de su vehículo y lo puso en marcha.

Al abrirse el elevador, su compacto coche, que tenía forma de una media luna vuelta hacia abajo, lo esperaba. Montó en el único asiento y a un mandato oral el vehículo rodó con lentitud hacia la salida de la torre. El transporte era estrecho, no tenía palancas, pedales, volante ni espejos, a Harry se le antojaba como un sarcófago con ventanillas polarizadas, donde su ocupante podía viajar, incluso, recostado y dormido. El anciano pasajero marcó su destino; luego de un par de segundos, en el diminuto monitor de sus gafas, un mensaje de *Autorizado por la Central de Tránsito* y otro de *Ruta asignada* parpadearon junto con un sinnúmero de anotaciones menores. Se confortó al percatarse de que le correspondió la cuarta pista, la única que dejaba ver por lo menos los edificios y el oscuro cielo; las otras eran como viajar por túneles y no le agradaban. Ya raudo por la autopista, intentó mirar su resumen noticioso favorito en la pantalla, pero no pudo concentrarse. Sus pensamientos andaban en otro lugar; era la nostalgia simbolizada en aquel azul que por más que trataba no evocaba con nitidez, y con ello su pasado se extinguía sin remedio. El *smog*, las luces, las altas construcciones y los otros vehículos que transitaban a su alrededor se desvanecían poco a poco;

su pensamiento y su razón hacían un viaje distinto, partían al pasado, al reducido fondo de recuerdos que guardaba en su memoria, recuerdos como residuos de un sueño. Ahí casi no habían imágenes ni voces ni sensaciones, sólo afirmaciones que apenas distinguía: nombres, fechas, lugares y acontecimientos que si no los tuviera de antemano por ciertos, hubiese dudado de ellos.

Había estudiado medicina, aunque en definitiva la carrera que siguió no fue la de médico sino la de empresario en el rubro. Estableció varias compañías, una de las cuales se convirtió en una verdadera mina de oro que le dio fortuna y fama mundial. Esos habían sido los buenos tiempos; ahora se encontraba en el ocaso de su existencia, convertido en un anónimo y filantrópico anciano que intentaba vivir sus últimos días en soledad. Lo tuvo todo, en especial amor, salud y dinero. El verdadero amor se había ido con la muerte de su mujer hacía 37 años; la riqueza material le sobraba; y la salud fue fácil conservarla, porque a esas alturas ya nadie se enfermaba, además, la tecnología permitía recuperar o reemplazar casi cualquier miembro u órgano humano, y si no se podía, siempre estaba la opción de la criogenización. Él se había so-

sometido a muchas operaciones; su corazón, estómago y pulmones eran máquinas de longeva duración certificadas desde la *fábrica*. La mayoría de sus huesos consistían en estructuras de firme titanio, sus músculos permanentemente reforzados con inserciones de material semibiológico, al igual que sus venas limpiadas y regeneradas cada lustro. Y la piel de su cuerpo la había estirado tantas veces que la tenía tan delgada como la cáscara de una cebolla. Le repugnaba su reflejo en el espejo y mirar los venosos rostros de los demás. Daba gracias por la imperante moda de vestir todo el cuerpo, incluso la cara con esos enormes anteojos digitales.

El sonido intermitente de una sutil alarma lo sacó de sus cavilaciones, estaba a un minuto de su destino, una de sus innumerables clínicas de asistencia.

Una sonrisa cómplice lo regocijó al imaginar lo curioso que se sentiría ser cliente de su propia empresa, la que estaba en las confiables manos de uno de sus herederos, quien en persona trataría su caso a pesar de no ser su labor.

Harry había nacido el año setenta y dos del siglo XX y la fecha de ese día correspondía al año veintiocho del siglo XXII, tenía ciento cincuenta y seis años de edad, una centuria exacta más de lo que había vivido su padre. Había olvidado el rostro de su progenitor y ése era el recuerdo perdido que más le dolía. Fue el primero en morir, bastantes años antes que su madre y mucho antes que sus hermanos, y aunque poseía fotografías e imágenes en video de la época, a su padre lo veía como a un completo extraño, nunca podía dibujar su rostro sin la ayuda de las fotos que guardaba, ni hablar de los sentimientos, no los sentía más que como una obligación, porque sabía que habían sido muy fuertes alguna vez. Temía que era demasiado el tiempo que los separaba y demasiadas las cosas que su cerebro y su corazón no podían retener. Eso lo avergonzaba ante la memoria de quien le dio el ser y la formación. No cabía duda, su generación había dado un salto tecnológico tan antinatural que el metabolismo humano no pudo asimilar, los hombres no estaban evolucionados para vivir tantos años... Ni para recordarlos.

En el portal del edificio lo recibió Héctor, su tataranieto, y después de un breve e íntimo intercambio de palabras pasaron a una iluminada habitación en el centésimo nivel. Ahí se vistió con unas cómodas prendas hospitalarias que llevaban su apellido impreso a un costado, al igual que toda la maquinaria y mobiliario. Estaba tranquilo, ya acostumbrado por tantos paseos por esas salas, aunque el caso fuera diferente.

Se recostó en una ostentosa cama de metal cromado, respiró sereno mientras su joven pariente en silencio preparaba dos catéteres, que en breve le incrustó, con destreza y sin causarle dolor, a la yugular. Pronto Héctor se acercó de nuevo y le puso en su mano derecha un diminuto aparato de liviano metal negro.

—Cuando tú quieras, viejo —le dijo con afecto. Según las reglas el propio cliente debía accionar la máquina.

—Ahora mismo, muchacho, antes de que me arrepienta —y sonriendo nervioso presionó el botón oscuro del aparato en sus manos.

Algo asustado, notó como un líquido azulino subía por la manguera hasta inyectarse en su vena. Se relajó en el momento en que sintió la gélida substancia entrando en su cuerpo. Una sonrisa infantil, pero legítima, se dibujó en su cara deformada por las numerosas cirugías, mientras recordó con nitidez —o soñó— un momento exacto de su pasado:

«Se vio siendo niño, lo experimentó como si estuviera allí. Se encontraba en una playa, junto a su padre. El sol repuntaba radiante sobre sus tibias cabezas mientras pescaban envueltos en una templada brisa marina. Se sintió maravillado... Y ansioso observó el jovial y sereno rostro de su progenitor que le sonreía. Al mirarlo lo sintió suyo como no lo sentía hace más de cien años, de su sangre y de su carne... Como a un hijo que murió joven. Vio en sus profundos ojos azulados, que no recordaba hasta ese entonces, el reflejo del azul del mar, el resplandor del azul del cielo, el azul que nunca más sería, ése que cuando nació, por derecho, le correspondió y que había dejado el planeta hacía años, y que él debió acompañar. Y en ese preciso momento tuvo la certeza de que el haber alargado su vida de esa manera había sido un imperdonable error, que esa vida extra no le fue asignada por Dios o quien fuera, nunca la quiso en realidad, y se arrepintió por tantos años de existencia inútil y forzada».

Al irse durmiendo, mientras lágrimas dulces y amargas acariciaban su piel, escuchó a Héctor que, como la lejana voz de un ángel, le hablaba:

—Hasta siempre abuelo… Se te va a extrañar —
era su último adiós, pues, en esos tiempos de
inmortales artificiales su lucrativa empresa se dedicaba
a dar el oneroso servicio del suicidio asistido y Harry,
cansado y solo, ya no deseaba vivir más.

Luego, un líquido rojo intenso subió por otro de
los tubos hacia sus añejas y fatigadas venas, pero el
anciano ya estaba dormido, y en su sueño nada más
que el azul existía.

*A MI PADRE.